世·界·文·學 3
台讀少年雙語系列

台日雙語 附台語朗讀

銀河鐵道 ê 暗暝

原著 宮沢賢治 　　陳麗君 主編·台譯 　　鄭打麵 插畫

序一
幸福ê未來咱向前行

《銀河鐵道ê暗暝》（原文：銀河鉄道の夜）是日本國民作家宮澤賢治(1986~1933)iáu bē-hù完成ê代表作，後代人bat以動畫、電影、音樂劇、天文劇場來呈現tsit phō作品。Koh親像《銀河鉄道999》、藤子・F・不二雄ê《ドラえもんのび太と銀河超特急》、宮崎駿ê《神隱少女（千と千尋の神隱し）》等等tsē-tsē日本國寶級ê á-nī-mé（動漫）作品、音樂創作lóng有受著啟發kap影響。作者在生無名，全奉獻心力tī指導農民農業，同時mā規心teh創作兒童文學kap新詩。銀河鐵道tsit phō作品會使講是伊ê宗教思想、宇宙天文關ê再現，mā是伊對土地、農礦業ê熱情以及一世人一步一跤印行踏ê彙集。Uì 1924年ê筆尖初稿，一直到伊過身ê隔轉年才出版，後來koh經過研究人員4 pái改版補闕了後，才成做現此時讀者目睭看著ê生張。

《銀河鐵道ê暗暝》故事描述一个內心和生活lóng陷入孤單散赤ê少年gín-á石邦尼，tng伊上mah-tsih ê tshit-thô伴甘派禮kap其他ê gín-á伴穿新衫kuānn水燈樂暢歡喜過星祭節ê時陣，石邦尼suah著ài為破病ê阿母趕去無局稀微ê牧場提牛奶，也因為按呢，無張持suah坐起lih駛往銀河ê夜快車。Uì烏暗中ê hit道光iānn hōo石邦尼會得kap上好ê朋友同齊行向奇幻ê宇宙，hānn跳生死關、走tshuē認清幸福真意ê旅

途。本成孤單無伴ê心，總算得著救贖。到底幸福是啥--leh?故事內底作者透過11 pái ê「幸福問答」，tuè著故事ê展開，使得tsit个內心充滿孤單、giâu疑、氣苦ê少年gín-á，tsia--ê無完整ê性命情感，tī銀河清透金光的水流溪，táuh-táuh-á hōo洗清氣。啊未來就親像西北雨落過ê hit板虹，就算講無kài完美，m̄-koh充滿著希望。

　　阮teh翻譯tsit篇作品ê時，阮ê人生旅程也拄好tshiāng著選擇ê交叉路口、無主張、孤單ê心境，tng翻譯過程漸漸行到尾站ê時，阮也tshuē著「kā ka-kī放下」ê領悟。Tsit篇作品ê台、日雙語讀本會得順利出版，ài感謝是我ê學生mā算是我ê老師ê友志林月娥老師、以及台文ê筆花kap笑聲平嬌氣ê吳嘉芬老師，多謝恁完全無藏步ê協助，以及鵜戶聰先生鼎力相助，再次感謝！

陳麗君

| 譯　者

序二
榮光台文　百年樹人

日本經典文學《銀河鐵道之夜》是天母扶輪社第四十屆贊助出版ê第二本雙語版經典名著。Mā是天母扶輪社投入台語文推廣，生tshiânn ê第三本台語翻譯ê世界名著。

感謝國立成功大學台文系教授陳麗君團隊ê努力，uì頭一本德語ê《你無聽--過ê格林童話》，第二本《青瓦厝ê安妮》台英雙語版，到tsit本日本經典文學《銀河鐵道ê暗暝》，一步一步kā世界各國經典名著翻譯、改寫做有本土芳氣ê故事，thìng好hōo tàk-ke用台語來領受世界經典故事ê內涵kap意義，進一步kap世界文學接suà。

期待！Tī天母扶輪社福爾摩沙委員會ê贊助之下，會使有koh khah tsē ê台語讀物出版，對著咱國內專工為青少年gín-á寫ê台語文讀物ê欠缺ē-tàng有補所，希望幫助台灣ê gín-á，除了台語愈講愈輾轉以外，更加會使增進台語文閱讀kap寫作ê能力。

特別感謝天母扶輪社前社長翁肇喜先生，對台灣文化ê執一kap堅持，出錢出力。本屆福爾摩沙委員會主委，前社長溫宏義先生ê用心規劃kap執行，才有法度tī台語ê田塗tiām-tiām-á墊tsit幾粒á種子。

台語文ê推廣是「百年樹人」偉大ê工程，絕對m̄

是kan-na靠天母扶輪社tsiah-nī無兩想ê力量就會得成事ê。期候咱ê政府單位以及各界ê力量來相thīn，ē-tàng投入koh khah tsē ê資源kap心力，sann-kap同齊來榮光台語文，相信一定會得成就大局。

侯舒文 Philip

台北天母扶輪社　第四十屆 (2021-2022) 社長

序三
Khiā台灣　看世界

　　21世紀後疫情時代，台灣ê優等表現得著國際上bē少支持kap肯定。台灣認同覺醒，hōo咱khiā起tī世界舞台kap全球競合。Suà落來，ài án-tsuánn掌握時世展現Taiwan can help ê能量--leh？個人認為發展「全球在地化」（Glocalization）ê思維和行動，推動「在地全球化」（Logloblization）ê行銷kài重要。以tsit款思考ê理路來應用tiàm教育發展，mā一定是落實教育ê子午針。

　　咱tsit套《世界文學台讀少年雙語系列》讀物是為著beh建立青少年對「在地主體ê認同」以及hùn闊「世界觀」雙向ê目標，按算thai選「英、美、日、德、法、俄、越南」等國ê名著，進行「忠於經典原文ê台文翻譯kap轉寫」，做雙語(台語／原文)ê編輯發行。向望透過tsit套冊kap-uá世界文學，推廣咱ê台語，落實語文教育kap閱讀ê底蒂。透過本土語文閱讀世界，認bat文化文學，才有法度翻頭轉來建立咱青少年對自我、台灣土地ê認同。Tī議題ê揀選，為beh配合國家語言發展法，融入12年課綱ê題材，mā要意聯合國永續性發展目標（Sustainable Develpoment Goals, SDGs），親像性平教育、人權教育、環境教育等議題，會使提供多元題材，發展全人教育ê世界觀。台語文字（漢羅thàu-lām）koh加上優質配音，真適合自學和親子共讀。

「語言是民族ê靈魂、mā是文化ê載體」，真知影「本土語文青少年讀物」tī質和量是tsiah-nī欠缺，本人tī 2017年4月hit當時開始寫tsit份「台語世界文學兒童雙語閱讀計畫」beh出版。是講哪有tsiah容易？Kiánn beh生會順序，mā ài有產婆！咱台灣雖罔有70%以上ê族群人口使用台語，kâng款mā是tshun氣絲á喘--leh喘--leh，強beh hua去，因為有心beh推sak抑是發心beh贊助ê專門機構真少。哪會知影3年後2020年ê開春，翁肇喜社長引領扶輪社「福爾摩沙委員會」ê要員，uì台北專工來到台南開會，開講著「台灣語文教育ê未來發展」ê議論，因為tsit个機緣，tsiáng時tsit套有聲冊才有thang出世。

幼嬰á出世麻油芳，事工beh圓滿mā ài感謝咱上有本土心本土味ê前衛出版社提供印刷ê協助，本團隊無分國籍所有ê雙語文翻譯、潤稿校稿ê老師，以及錄音團隊共同努力所成就ê。我相信suà落來ê水波效應所反射出來ê魚鱗光，絕對m̄-nā是kan-na帶動台語文冊ê出版，更加是台灣本土語文ê新生kap再生！

陳麗君

│ 國立成功大學 台灣文學系教授
│「世界文學台讀少年雙語系列」企劃主編

目次

目次

第一章
下晡時ê課

「各位同學，恁kám知影tsit个白茫茫、看bē清楚ê物件到底是啥？有人講這ná像一條河川，mā有人講親像是牛奶流過ê痕跡neh！」老師手指吊tī烏枋hit張大大張ê星座圖，uì頂kuân指到下跤hit條白phú白phú ê銀河問ta̍k-ke。

甘派禮（カムパネルラ）先gia̍h手，suà落koh有4、5个人gia̍h手。石邦尼（ジョバンニ）mā想beh gia̍h，suah緊koh kiu倒轉來。伊心內真知hia--ê的確全lóng是天星，m̄知tang時bat tī雜誌讀過。M̄-koh，tsit-tsām-á石邦尼感覺足愛睏，tī教室lóng teh tuh-ku，無閒工讀冊，mā無冊thang好讀，m̄知teh創啥，日子過kah茫茫渺渺。

老師ê目睭足金，真緊就相著伊ah。

「石邦尼同學。你應該知影honnh？」

石邦尼hiông-hiông hiánn一下，khiā起來了後suah全然無法度回答tsit个問題。坐tī伊頭前ê曾阿利

（ザネリ）越頭kā恥笑。石邦尼心臟phȯk-phȯk-tsháinn、規面紅kì-kì。老師koh問：「咱若用大支ê千里鏡觀察銀河，銀河大概是啥物款？」

石邦尼心內teh想，iáu是天星啊，m̄-koh伊kâng款無法度隨回答出來。

老師看會出來伊sió-khuá-á gāi-giȯh-gāi-giȯh，就看tuì甘派禮hit pîng講：「按呢，甘派禮同學，你講看māi！」結果本底手giȧh上緊、上有元氣ê甘派禮，tsín suah tùn-tenn tī hia，尾--á歹勢歹勢khiā起來，kâng款無應kah半句。

老師用真意外ê目神看甘派禮，隨講：「按呢好！」老師手ná指星座圖ná問：「Tsit个白phú白phú ê銀河若用大支ê千里鏡斟酌kā看，就會看著tsiâu細粒á ê天星滿滿是。石邦尼，著--bô？」

石邦尼tìm頭、面á紅紅紅。M̄知tī tang時石邦尼已經目屎含目墘ah。著，我知，甘派禮當然mā知。有一pái，阮bat做伙tī甘派禮in hit个博士爸á ê厝裡讀過一本雜誌，內底有寫。M̄-nā按呢，雜誌看了後，甘派禮koh去冊房mooh一本足大本ê冊，掀開teh紹介銀河hit頁，阮兩个人同齊看一張足大張koh足suí ê圖片，規phiàn背景烏lu-lu，白siak-siak ê點滿滿是。甘派禮當然無可能放bē記得，無隨回答是因為伊

知影，我tsit-tsām-á工課uì早起做到暗時，足thiám
頭。來學校mā無kap ták-ke tshit-thô，tsham甘派禮
mā變kah無啥話thang講。甘派禮同情我、m̄甘我，
才會習工無回答。想到tsia就忍bē-tiâu，感覺ka-kī
kap甘派禮平可憐。

　　老師koh繼續講：「所以若準講這銀河是一條
溪，hia--ê一粒á一粒ê細粒星就lóng是溪底ê細粒石
á抑是幼沙á；啊若是kā這當做是一港足大港ê牛奶
流過，koh khah成天頂ê河溪，hia--ê天星就親像浮tī
頂面ê牛奶球。若按呢溪水就是真空ê光線、有一定ê
速度teh流，日頭kap地球tú好浮tī中央。也就是講，
咱人mā tuà tī河溪內底。銀河愈深、愈遠ê所在，天星
就愈tsē、愈密，m̄才會看起來白phú白phú。來，咱
來看tsit个模型。」

　　老師手指hit个té足tsē金爍爍幼沙á ê大型雙面
膨鏡。

　　「銀河ê形體就親像tsit面膨鏡。Tsia--ê每一粒
光lóng kap咱ê日頭kâng款是ka-kī發光ê星球。日頭差
不多tī tsit个中央，地球就tī tsia附近。請各位同學
kā tsit陣想像做暝--時，然後khiā tiàm膨鏡ê中央觀
察四周圍ê世界。Tsit pîng ê鏡仁khah薄，ka-na看會著
細細粒á ê星光niā-niā；Hit pîng ê鏡仁khah厚，就看

會著足tsē光粒，hia--ê離地球khah遠、看起來白phú
白phú--ê，就是今á日咱teh講ê銀河。若是想beh知
影tsit个膨鏡到底有guā大？有關hit內底ê星球有啥物
神奇ê故事？咱後pái自然課才koh來講。Ing暗tú好
是銀河祭，ták-ke出去外口詳細看。今á日課就上到
tsia，kā冊kap手摺簿á lóng收hōo好。」

　　Siāng時教室tsiâu lóng是合冊桌á蓋、收冊、疊
冊ê聲，ták-ke khiā正正、kā老師行禮了後，bē輸
鳥á放出籠，隨tsông出教室。

第二章
印版所

石邦尼tú beh行出校門ê時陣，看著kâng組ê 7、8个人iáu-buē轉去，圍tī校園邊ê櫻花樹跤，甘派禮khiā tī中央。Kài成teh討論ing暗ê銀河祭beh做伙去挽王瓜做水燈放水流ê代誌。

M̄-koh，石邦尼大力iàt手、大huàh大huàh踏出校門。行出校門就看著庄內有ê吊紫杉葉ê藤圈á、有ê kā五彩ê電火phok-á掛tī樹ue，街頭巷尾tàk个人lóng無閒tshih-tshih teh準備tsit pái ê銀河祭。

石邦尼無轉去厝，伊sèh過三條街á路，uat入去hit間不止á大間ê印版所。門口ê櫃台有一个穿白siat-tsuh、大大khoo ê人，石邦尼kā行一个禮、thǹg鞋á入去，行到上內底kā大門sak開。雖然是日--時，電火mā是點kah光iànn-iànn，足tsē台印刷機á khīn-khōng-khīn-khōng teh pháng-sėh。有一群人pák頭巾á、頭殼頂戴遮光帽á，in親像teh唱歌按呢，tshuì ná唸ná算，拚勢teh做工。

石邦尼隨去坐tī uî門口算來第三隻kuân桌á hia，kā內面hit个人行一個禮。Hit个人tī格á內tshiau-tshuē一時á了後，ná提一張紙hōo伊ná講：「Tsia--ê kám khioh會了？」石邦尼對伊ê跤邊kuānn一跤平平扁扁ê箱á，行對有tshāi足tsē pha電火ê壁邊hia ku落去，提ngeh-á kā彼一字一字差不多像栗子大細ê活字khioh起來。Hia--ê hâ青色圍su裙ê人uá來石邦尼ê kha脊後講：「Õo，紅目猴gâu早！」邊á有4、5个人，無出kah半聲、連頭to無越一下，ka-na hngh-hngh-hngh冷冷á笑。

石邦尼頭lê-lê一字一字拍拚直直khioh，有時koh tsiânn緊手tshit幾nā pái目油，實在是tsîn kah目睭又koh痠又koh澀。

六點ê鐘聲kòng了無guā久，石邦尼kā排kah lóng是活字ê扁箱á kap手裡ê紙條á koh對一遍了後，就交去tú才hit隻桌á邊hia。Hit个人tiām-tiām-á kā接過，目睭lió一下了，頭略á tìm一下。

Kā伊行禮了後，石邦尼行出來櫃台頭前。Tú才hit个穿白siat-tsuh ê人，mā是kâng款tiām-tiām無聲無說，ni一个銀角á hōo石邦尼。石邦尼隨有笑容，精神十足行一個禮了，kā銀角á khng tī機台跤ê khã-báng裡phāinn--leh衝對街á去。沿路khoo-si-á心情tsiânn

爽快，然後行入去pháng店，買一塊pháng、一包角
糖，走ká-ná飛--leh，一下á就無看見人影。

第三章
家

　　石邦尼tsông轉來後街巷á底ê hit間細間厝á。Hia
是有三塊厝身相連suah有三tóo門扇ê出入口，uá上
倒手pîng ê一跤箱á裡，有種khiû葉ê芥藍á菜kap
蘆筍，細細塊ê窗á門用khã-tián遮--leh無giú開。

　　「阿母，我轉來ah。你身體有要緊--bô？」石邦
尼ná thǹg鞋á ná問。

　　「啊！石邦尼，足thiám honnh？今á日天氣真秋
清，我人好好啦。」

　　石邦尼hānn過戶tīng，阿母the tī門邊hit間房間
ê眠床頂，肩胛頭mua一條白色ê ām巾。

　　石邦尼去kā窗á拍開。

「阿母，我今á日有買角糖。想講beh hōo你lām牛奶。」

「Mh，你先lim，我iáu無想beh lim。」

「阿母，阿姊是tang時轉來ê？」

「Uá三點hia。伊lóng kā我款好looh！」

「阿母，你ê牛奶iáu-buē來hiooh？」

「Kám無？」

「我來去提轉來！」

「Táuh-táuh-á是就好。你先食啦，恁阿姊有用柑á蜜做物配khǹg tī hia喔。」

「按呢，我先食！」

石邦尼kā窗á邊hit塊té柑á蜜ê盤á phâng uá來，kauh pháng了後，一tshuì suà一tshuì、大大tshuì趕緊吞吞落去。

「阿母，阮阿爸一定koh免guā久就會轉來ah。」

「Hennh啊，我mā按呢想。是講，你是按怎會按呢想？」

「啊to早起ê新聞teh放送講今年北方ê魚貨收成tsiânn好neh！」

「啊m̄-koh，恁阿爸無定著無去掠魚--leh！」

「伊一定有去啦。阿爸無可能去做啥物失德代hông掠去關啦！進前阿爸提轉來捐hōo學校ê大毛蟹殼、鹿角……tsia--ê有ê無ê，tsit-má lóng koh khǹg tī標本室。六年á上課ê時，老師lóng會輪流tsah去教室做教材neh。」

「恁阿爸有講後遍beh tsah海獺皮衫轉來hōo你。」

「就是因為tsit件代誌，ták-ke看著我lóng tshi-tshi tshū-tshū teh恥笑我。」

「是teh講你ê歹聽話nih？」

「Mh。M̄-koh甘派禮絕對bē按呢，聽別人teh ge
我ê時陣，伊就足艱苦--ê。」

「伊ê阿爸kap恁阿爸自細漢就是好朋友，就kap
恁兩个tsit-má ê年歲kâng款！」

「著啊，阿爸mā有tshuā我去甘派禮in tau喔，hit
陣有夠好--ê。我uì學校放學轉來定定走去in tau。In
tau有用酒精燈khí-pōng ê火車，七節鐵枝路khong
做一个圓khoo-á，koh有電火柱、青紅燈，火車駛過
ê時就會變青燈。有一pái，酒精用了ah，阮就想講kā
灌番á油落去試看māi，結果suah規个火車頭燒kah烏
mih-mà。」

「按呢喔？」

「Tsit-má ta̍k工早起去送報紙lóng會經過in tau，
m̄-koh見pái規間厝tsiâu lóng tiām-tsih-tsih。」

「啊to天iáu-buē光--leh m̄！」

「In hit隻狗á有tī--leh，伊號做棗á。尾溜親像掃
帚開花kâng款。見若看著我就隨走過來sai-nai，tuè
我去到街á尾ê uat角，有時陣tuè koh khah遠。下暗
ta̍k-ke lóng beh去溪á邊放王瓜燈，狗á mā定著會tuè
leh去。」

「著honnh，下暗是銀河祭neh！」

「Mh！等--leh我去提牛奶ê時，順suà去看māi--leh。」

「Hngh啦，去行行--leh。千萬m̄-thang落去溪裡sńg喔！」

「Mh，我tiàm溪岸邊看就好，tsiânn點鐘就轉來ah。」

「Liâu-liâu-á sńg！只要是kap甘派禮做伙，我就放心ah。」

「好！我一定會kap伊鬥陣啦！阿母，窗á kám著關起來？」

「好啊，有影略á涼涼to著！」

石邦尼khiā起來關窗á，碗箸kap pháng lóng收收lok-lok hōo好勢，趕緊kā鞋á穿--leh，講：「我出去點外鐘就會緊轉來！」講了隨對暗so-so ê門口走出去looh。

第四章
人馬座星祭
Centaurus

石邦尼ná親像teh khoo-si-á，聽著感覺淡薄á淒涼。伊nńg過烏khām-khām ê hi-nóo-khih樹林，uì鎮裡ê小山崙行落來。

崎跤ê路邊有一支大大支ê電火柱，銀白色ê光tshiō kah一四界光hiànn-hiànn。石邦尼跤步大huáh大huáh行向電火柱跤，tī伊kha-tshng後有一sian lò-siák-siák，親像藏鏡人ê鬼á影kâng款，一直kā tuè-tiâu-tiâu，霧霧ê烏影變kah愈來愈明顯，bē輸是kap伊teh sńg bih-sio-tshuē，尾--á tsuán走來tuè伊身軀邊。

「我正是iāng氣ê大火車母，頭前若落崎我就kā衝落去，m̄免驚，衝啊！Tsit-má beh超過電火柱looh！哈哈哈，看我影法師ê厲害！來，giú開圓尺khoo一

liàn轉，人影隨sèh來到我ê面頭前looh！」

石邦尼ná演跤步ná大大huàh行過電火柱ê時陣，hiông-hiông有一个人，uì電火柱對面hit條暗眠摸ê巷á底tsông出來，原來是日--時相tīg頭ê曾阿利，伊穿一su尖領á、新點點ê siat-tsuh，kap伊相閃身。

「曾阿利，你beh去放王瓜燈喔？」

石邦尼一句話to iáu-buē講suah，hit khoo隨對伊kha脊後唱聲：「石邦尼，恁老爸beh hōo你ê海獺皮衫--leh？」

石邦尼心肝頭tshiàk一下，規个耳空吱吱叫。

「你是teh講啥貨，曾阿利！」石邦尼大聲kā應轉去ê時，曾阿利已經走入去對面hit間有栽hi-nóo-khih ê厝ah！

「我也無惹伊、mā無得失伊，曾阿利是按怎lóng beh講hit號話。伊喔，走起來ká-ná鳥鼠á--leh，koh見pái對我講hit號話，伊真正是顧人怨ê大giàn頭neh！」石邦尼ê頭殼gông-tshia-tshia，足tsē代誌teh sèh來sèh去，伊趕緊beh nn̄g過街á路。

五花十色ê電火phok-á kā密tsiuh-tsiuh ê樹ue tsng-thānn kah規街á路suí-tang-tang。時鐘店店面

ê霓虹燈閃閃爍，貓頭鳥型ê時鐘頂面hit兩蕊ná像紅寶石ê目睭，便若過一秒就轉sėh一pái。Tảk款色水ê寶石té tī一塊水藍色、厚厚ê玻璃盤內底，規盤tīnn-tīnn-tīnn ê寶石ná像天星teh ûn-ûn-á轉sėh。有時陣，koh有人馬頭銅像uì對面khuann-khuann-á sėh來面頭前。蘆筍葉á kā正中央烏色ê圓形星座tsng-thānn kah足suí--ê。

石邦尼目睭金金相hit幅星座圖，看kah足入迷。

Tsit幅圖比日--時tī學校看著hit幅ke足細幅，m̄-koh只要對準hit工ê日期kap時間，天頂ê模樣就會隨tuè leh出現tī雞卵形ê玻璃盤內底。而且中央koh有一條uì頂kuân延suà到下跤ê銀河帶，銀河帶下跤就ká-ná是水tshiâng噴出來ê水花kâng一樣。玻璃盤後壁tshāi一台三跤馬ê細台千里鏡，黃黃ê光爍--leh爍--leh。上後面ê壁頂掛一幅圖真大幅，規幅圖kā所有ê星座lóng畫做奇形怪狀，像野獸啦、蛇啦、魚á、矸á形ê啦……。天頂kám有影有天蠍kap tsit款ê勇士？啊！我足想beh去hia好好á看一下á斟酌--leh，石邦尼想kah規个人神去。

伊hiông-hiông想著阿母ê牛奶，就趕緊離開hit間店。雖然hit領狹tsinn-tsinn ê外套kā伊規个肩胛頭束tiâu--leh，伊iáu是thîng-thîng-thîng、真大pān款，大huảh大huảh行過街á路。

　　空氣ná像清甜ê泉水流過大街小巷，路燈ê光線kap杉á、橡樹ê枝ue相蔭影，電力公司大樓頭前hit六欉法國梧桐樹頂，彩色ê細粒電火球á吊kah滿滿是，看起來ká-ná是來到美人魚ê世界。細漢gín-á lóng穿有áu-pôe ê khi-mōo-nooh（新長衫，和服），有人teh khoo-si-á，彼是《巡星之歌》ê旋律；有人teh唸「人馬座，露水落」！Iáu有人ná teh放煙火、ná teh tsông來走去sńg kah歡喜but-but。M̄-koh，ka-na石邦尼頭lê-lê，心內所想ê kap現場鬧熱滾滾ê代誌全然無關係，伊緊走對賣牛奶--ê hia去。

　　M̄知過guā久，石邦尼來到庄á外。Tsia有一欉koh一欉kuân kah強beh tú天ê白楊樹林。伊行對烏烏ê門入去，來到暗so-so ê灶跤，隨鼻著一陣一陣uì牛tiâu tshìng來ê氣味。石邦尼kā帽á採落來，講：「暗安！」厝內底tiām-tsih-tsih無人應聲。

　　「暗安！Kám有人tī--leh？」石邦尼khiā thîng-thîng koh huah。過一時á，看著一个老阿婆táuh-táuh-á huàinn出來，ná像是身體有koh-iūnn、無啥爽快ê款，tshuì裡nauh講：「有啥代誌hiooh？」

　　「啊to今á日阮兜ê牛奶無送來，我beh來提啦。」石邦尼驚阿婆聽bē清楚，出力大聲huah。

　　「Tsit-má無人tī--leh，你明á載才來啦！」老阿

婆ná juê紅紅hàng-hàng ê目晭，ná看石邦尼。

「阮老母破病ah，ing暗若無提著牛奶bē使得！」

「按呢，你khah uànn才koh來看māi--leh！」伊話講suah，就隨uat入去厝內ah。

「按呢喔，多謝！」石邦尼行一下禮，uì灶跤行出來。

Tú beh uat過十字路口ê時，tī對面向橋hit pîng ê kám-á店頭前，伊影著幾á个穿白siat-tsuh ê烏影kuānn王瓜燈行對tsia來，是6、7个學生á teh khoo-si-á、koh有講有笑。In hi-hi-huā-huā ê笑聲、khoo-si-á聲，石邦尼lóng感覺足熟sāi--ê。啊，是伊ê同窗ê，伊看著hit陣同窗ê本成想beh閃翻頭，想一下真規氣激hōo大大pān行對in面頭前去。

「恁beh去溪邊喔？」石邦尼想beh kap in相借問，嚨喉suah bē輸去hōo物件khê-tiâu--leh。

「石邦尼，恁阿爸beh hōo你ê海獺皮衫來ah buē？」Tú才hit个顧人怨ê曾阿利koh teh huah ah。

「石邦尼，你ê海獺皮衫來ah buē？」Tak-ke lóng隨tuè leh huah。

石邦尼規个面紅kì-kì，心內急beh趕緊走。行過

ê時，suah看著甘派禮mā tī hit群人內底。甘派禮感覺真m̄甘，gāi-gio̍h-gāi-gio̍h微微á笑一下，目睭直直相石邦尼，ná像teh kā講：你bē受氣啦honnh？

石邦尼閃開伊ê目神，等甘派禮lò-lò ê人影離開無guā久，ta̍k-ke又koh開始khoo-si-á。Beh uat過另外一條街á ê時，石邦尼越頭看著曾阿利ê頭mā tú好越過來。甘派禮大聲khoo-si-á行對略略á iáu看會著ê橋hit pîng。石邦尼一時間有講bē出tshuì ê寂寞、心酸，規氣tsuán用走--ê。本底一群用雙手掩耳á，ná ki-ki叫koh ná pho̍k-pho̍k跳ê gín-á嬰，叫是石邦尼teh走好sńg--ê，mā規陣tuè leh大聲huah-hiu。過一khùn-á，石邦尼就走對烏色ê山崙hit pîng去ah。

第五章

天氣輪之塔

牧場後壁 ê 山崙一粒山連一粒山，烏 phú 平坦 ê 崙頂，tī 北 pîng 大熊星座 ê 下跤，茫茫 ê 山崙看起來 ná 像比平常時 koh khah 低 sió-khuá。

石邦尼順樹林內 hit 條凍 kah 全露水 ê 細條山路，一步一步 peh 起 lih。烏 khâm-khâm ê 草埔 kap 各種無 kâng 形體 ê 樹欉當中，一 tsuā 白色 ê 星光 tshiō tī tsit 條細細條á ê 山路。草埔裡，有蟲 thuā 發出青色 ê 光，閃閃爍 ê 光線 thàng 過樹葉á反射出來，石邦尼感覺足成 tú 才 ták-ke 手裡 kuānn ê 王瓜燈。

Nng 過規个烏 khām-khām ê 樹林了後，曠闊 ê 天，隨出現 tī 目睭前，ē-tàng 看著白 siak-siak ê 銀河 uì 南到北 hānn 過天尾頂，山尾溜 ê 天氣輪看起來 koh 愈清 ah。吊鐘草、野菊花相爭現嬌媚，四界開 kah 滿

滿是，花ê芳味親像是uì夢中tsuat出來ê氣味，一隻鳥á，tsiùh！tsiùh！tsiùh！飛對山頂尾溜去。

石邦尼來到崙á頂天氣輪ê下跤，kā ka-kī燒hut-hut ê身軀，the落去冷ki-ki ê草á埔裡。

一pha一pha ê燈火，kā庄內tsng-thānn kah親像烏暗ê宮城，聽著一陣一陣gín-á ê歌聲、khoo-si-á聲、huah-hiu ê聲。暗風uì遠遠吹來，草á枝tuè風搖弄，石邦尼hōo汗水tòo tâm ê siat-tsuh mā變kah冷ki-ki。哇！一望無際ê平洋，看過去，庄外四khoo圍á暗bong-bong！

啊！天頂hit條白siak-siak ê帶á，聽講lóng是天星neh！

M̄-koh，伊按怎看to感覺天頂hit phiàn kap老師講ê曠闊冰冷ê所在無kâng。斟酌看，顛倒khah成是細phiàn樹林、牧場kap平洋。這个時陣，石邦尼看著天琴座變成3、4粒星teh閃閃爍爍，跤座liâm-mi長liâm-mi短，落尾ná像是puh一大bong ê草菇kâng款。連山跤庄頭ê景緻，看起來mā ká-ná是規堆ê天星聚集做伙，成做一大phiàn白茫茫ê雲霧。

第六章
銀河站

　　M̄知tī tang時，石邦尼kha脊後ê天氣輪柱化做霧霧ê三角形標誌，ká-ná火金蛄爍--leh爍--leh。漸漸á愈來愈明、愈來愈清楚，無koh hàinn搖，直liù-liù tshāi tī hit phiàn beh kap青鋼kâng色koh闊bóng-bóng ê天頂。

　　Tsit時，m̄知uì tó位傳來神奇ê聲音huah講：「銀河站、銀河站到ah！」Hiông-hiông目睭前規phiàn光iānn-iānn，bē輸是海底千千萬萬隻會發光ê花枝，一時間化做化石，隨tsǹg入去天頂；koh ná像是璇石公司放假消息講挖無寶石ah，刁意故kā beh tiuh kuân價tún ê璇石，無張無持suah規个hōo人tshia-tshia倒，iā kah規塗跤金爍爍，石邦尼看kah目睭khȯk-khȯk juê。

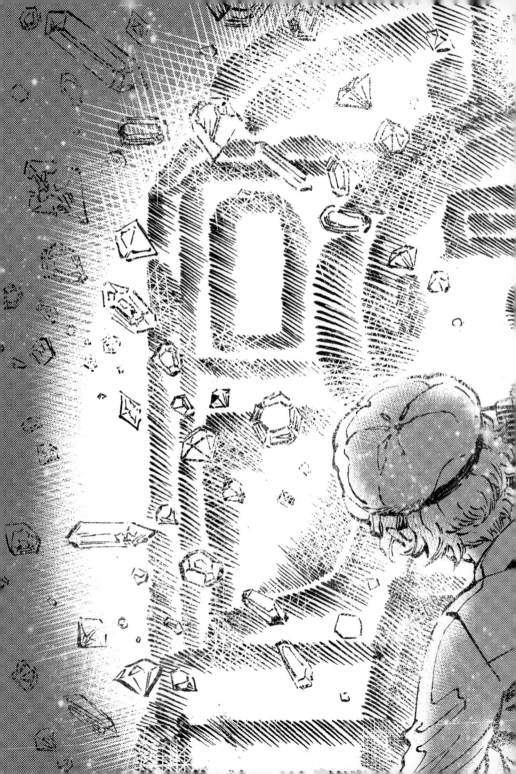

　　Thìng候石邦尼回魂ê時，才發現伊坐ê細台火車uì tú才就tshih-tshiak tshih-tshiak直直駛。石邦尼tsiânn實坐tī暝pang ê火車頂，車廂内規排lóng是黃ê細pha電火球á，伊看對車窗外。曠闊ê車廂裡，鋪絲絨á布ê椅坐á坐無幾个人。對面鳥鼠á色ê壁頂，有兩粒黃黃光光ná像鈕仔形ê電火球á。

　　頭前ê椅á位，坐一个lò-lò ê查埔gín-á，穿一領鳥色、看起來tâm-tâm ê外thảh，頭tshun出去窗á外欣賞沿路ê光景。看hit个gín-á ê肩胛頭感覺面熟面熟，愈看就愈想beh知影到底是siáng。石邦尼頭tú beh探出去窗á外ê時，hit个gín-á tú好kā頭kiu轉來看對伊tsia來。

　　原來是甘派禮。

　　石邦尼tú beh問甘派禮是tang時tī tsia ê，甘派禮suah先開tshuì講：「Tảk-ke雖然lóng拚性命tsông，m̄-koh iáu是siunn慢ah。曾阿利走足緊，mā kâng款bē赴。」

　　石邦尼心內緊想：「著honnh，咱是相招做伙出來--ê。」就問講：「Kám有約beh tī tó位相等？」

　　甘派禮應講：「免啦！人曾阿利in阿爸已經來kā接轉去ah。」

　　M̄知啥緣故，甘派禮ná講話、一个面á suah青sún-sún，ná像人真無爽快。Suà落換石邦尼mā親像m̄知bē記得啥物--leh，心肝頭怪怪、gāi-gioh-gāi-gioh，tsuán tiām去。

是講甘派禮ná欣賞窗á外沿路ê景緻，心情liâm-mi就好起來ah，興tshih-tshih講：「害ah啦，bē記得tsah茶罐á。畫紙簿á mā bē記得。M̄-koh無要緊，to也beh到天鵝車站ah。我真佮意看天鵝，準講天鵝飛過溪流遠遠ê所在，我mā看會著。」

甘派禮一直teh sèh伊手裡圓盤形ê地圖，目睭金金相。正中央出現白色ê銀河ê倒手pîng有一條鐵枝路，直直向南行。地圖足氣派，親像暗暝烏ê圓盤頂，插一座一座ê停車場、三角標、泉水抑是樹林，有藍--ê、黃--ê、青--ê tsia--ê迷人ê光線。石邦尼感覺ká-ná bat tī tó位看過hit張地圖。

「這地圖tó位買--ê？是用烏心石做--ê neh！」石邦尼問。

「Tī銀河站提ê啊，你kám無提？」

「喔，我kám有經過銀河站？Tsit-má咱tī tsia honnh？」

石邦尼指頭á指寫天鵝站車牌á ê北pîng。

「著neh！啊溪岸hit phiàn kám是月光？」

對hit phiàn看過去，反青光ê河溪，銀白ê菅芒花tī闊bóng-bóng ê銀河裡一湧一湧tuè風搖弄。

「M̄是月光喔，是銀河ê光。」石邦尼愈講，心內愈歡喜，跤弄手弄tshik-tshiák-tiô，kā頭伸出去窗á外，大聲khoo-si-á（《巡星之歌》ê旋律）。想盡辦法beh kā頭伸koh khah kuân--leh，beh kā銀河看hōo真。Tú開始無kah guā清楚，尾--á斟酌kā看，hit條清清ê水phīng玻璃抑是水素koh khah thang光，無定著是錯覺，不時會看著一絲á一絲茄á色ê水泱抑是親像虹ê光teh閃閃爍爍，koh隨無聲無說消失去。曠闊ê平洋裡一四界lóng有tshāi青燐光閃爍ê三角標，suí kah。看對遠遠ê所在tàk項lóng細ka个á，柑á黃ê光iānn特別清楚；uá近目睭前ê就又koh大又koh hiánn，水藍

色ê光線略á tà bông霧。有時三角、有時四角形，ná
爍爁mā ná鎖鏈，天頂像規phiàn闊bóng-bóng ê平洋
現出ták色水、形體百百款ê光影。石邦尼足激動ê，心
臟phók-phók-tsháinn，歡喜kah獅尾翹上半天kuân。
美麗ê平洋裡水藍ê、柑á色kap各種光線ê三角標透
lām、交插發光，輕輕á搖動，mā親像teh喘氣--leh。

「咱真正來到天頂ê平洋ah！」石邦尼講。

「而且，tsit台火車無燒火炭neh。」石邦尼kā
倒手伸出去窗á外，看對頭前去按呢講。

「大概有點酒精--ê抑是牽電氣--ê。」甘派禮suà
leh講。

Tshih-tshiak tshih-tshiak雅suí幼路ê細台火車
tiàm天頂tuè微微á風飛行，飛行tī銀河之水kap三角
點，tī淺淺ê水藍色光線裡，直直向前飛行。

「啊，龍膽花開ah！秋天到ah！」甘派禮手指
窗á外按呢講。

鐵枝路邊低低ê草á埔裡，ká-ná用月光石刻ê龍
膽花開ah，是茄á色ê，有夠suí neh！

「我跳落去挽，才koh跳轉來車頂，好--bô？」
石邦尼興tshih-tshih。

　　「Bē赴啦！過ah啦！」甘派禮tú講suah，規phiàn黃gìm-gìm ê龍膽花隨koh閃過目睭前。就tī tsit個時陣，有金黃色ná杯座ê龍膽花，一蕊一蕊算lóng bē清，親像一陣一陣ê大雨落來tī面頭前，規排ê三角標ná煙霧、ná火舌，光iānn-iānn tshāi tī hia。

第七章
北十字kap
波里歐辛海岸
（上新世）

「阿母m̄知會諒解--我bô？」

　　甘派禮心頭掠定，略á大舌koh淡薄á激動puh tsit句話出來。

　　「啊，著honnh！Tsit-má阮阿母tī遠遠、像一粒沙hiah大ê柑á色ê三角標hit tah，無定tng teh掛念我。」石邦尼想到tsia tsuán tiām-tiām-tiām。

　　「若阮阿母ē-tàng幸福，做啥我lóng甘願。M̄-koh，到底ài按怎做，對阿母來講是上幸福ê--leh？」甘派禮目屎含目墘，beh哭beh哭，硬忍tiâu--leh。

　　「恁阿母也無按怎樣啊！」石邦尼驚一tiô大聲huah。

　　「Ṃ知。Ṃ-koh，無論啥物人若做好代，的確會kài幸福。阿母一定會原諒我。」甘派禮ká-ná已經下決心ah ê款。

Hiông-hiông車廂內光iānn-iānn，就像白siak-siak ê璇石kap草á枝尾ê露水，tsham所有hiánn目ê光攏總聚集做伙，tī銀河ê溪埔金光閃閃，溪水tiām-tiām-á流，tī溪流ê正中央，kan-kan-á看著一粒細細粒ê島嶼，向四khoo輾轉射出水藍色ê圓輪光。島嶼平坦ê山崙，tshāi一座莊嚴顯明ê十字架，親像是用北極冰凍ê雲尪刻--ê，khoo出一輾一輾金爍爍ê圓輪光，隨時安定、清淨，保守咱ê心。

「Halelu-ia！Halelu-ia！」頭前後壁同齊合唱。越頭一下看，車廂內ê旅客tsiâu khiā kah thîng-thîng-thîng，有ê kā烏色ê聖經mooh tī胸前，有ê掛水晶念珠，kā雙手ê手指頭á合起來，足虔誠teh祈禱。連石邦尼in兩人mā隨tuè leh khiā直直。甘派禮ê tshuì-phué ná像紅kòng-kòng ê蘋果，suí-tang-tang。

過一時á，細細ê島嶼kap十字架ûn-ûn-á對火車尾漸漸消失去。

對岸，有水藍ê光線不時kap菅芒花你挨我推搖來搖去，有時á koh化做銀色ê煙霧，bē輸有人刁工teh pûn風kā戲弄，開kah滿四界ê龍膽花tī草á埔裡bih-sio-tshuē，足成一pha一pha爍--leh爍--leh ê鬼á火。

目一nih，藏tī河溪kap火車中央ê菅芒花裡，尾手koh看著兩pái天鵝島了後，眼前就像一幅圖leh，愈

變愈細，tī風中tuè管芒花輕輕á舞弄，落尾全然消失kah無看見影。M̄知tang時，石邦尼ê後壁坐一个瘦抽瘦抽、穿規su烏衫，看起來kài成是天主教ê修女，圓輾輾ê目睭略á金金，親像足斟酌teh聽遠遠傳來ê聲說，感覺真虔誠。旅客隨个á隨个tiām-tiām-á轉去坐位，tsit時石邦尼in兩人心肝底suah直直悲傷起來，細細聲á講一kuá無要無緊ê話。

「天鵝站beh到ah。」

「Hennh，11點準點到位。」

青ê信號燈kap白茫茫ê電火柱á「siuh一下」就tuì窗外閃過，koh來ê是ná像比硫磺ê火舌koh khah茫霧ê信號燈mā對窗á外sut過，火車tàuh-tàuh-á慢落來，一下á，月台頂規排電火做一下隨光起來，不止á suí，而且愈來愈光，in兩个坐ê tsit節車廂tú好停tī天鵝站大時鐘ê頭前。

秋清ê秋天，大時鐘頂面，hit兩支khóng色ê長短針tú-tú好指tī 11點。做一khùn同齊落車，車廂內空空空無半个人。

時鐘下跤顯示：「停車20分鐘。」

石邦尼講：「咱mā落車看māi--leh。」

「落車！」

兩人跳出車門，走去ka票口。M̄-koh，ka票口kan-na有一pha足大pha茄á色ê電火光iānn-iānn，suah無kah半個影跡。四界巡看有站長抑是搬運工人--bô？Mā是無看見人。兩人來到種kah全銀杏樹，ná親像水晶工藝品ê小廣場，一條曠闊ê大路直透thàng入去銀河ê藍色光海。

Tú才落車ê hit陣人m̄知lóng走去tó位，無看kah半個。兩人鬥陣行tiàm白茫茫ê大路頂，塗跤ê人影ná親像是室內有四面窗á ê兩支柱á影，koh ná像圓圓ê車輪向四面八方射出圓輪光。無一tiap久á，in就行來到tú才tī車內看著ê hit條美麗ê溪á墘。

甘派禮me一me金爍爍ê沙á，khǹg tiàm手蹄á so-so-tshiȯk-tshiȯk--leh，ná像teh眠夢，細細聲á nauh講：「Tsia--ê沙á lóng是水晶，內面有細細pha ê火舌teh燒。」

「著neh！」石邦尼想起著ka-kī ká-ná bat學過ê款。

溪á墘ê幼沙粒á tȧk粒lóng清氣koh thang光，有水晶、黃玉mā有khioh-kíng ê，有mê有角，也有藍寶石。石邦尼走去岸邊，kā手浸落去水裡。怪奇ê是河溪ê

水比水素koh khah thang光透明。水確確實實有teh
流振動，in兩人ê手浸tiàm水裡浮出銀白ê光，溢來溢
去ê水波浪有美麗ê魚鱗光，ná像火舌teh閃閃爍爍。

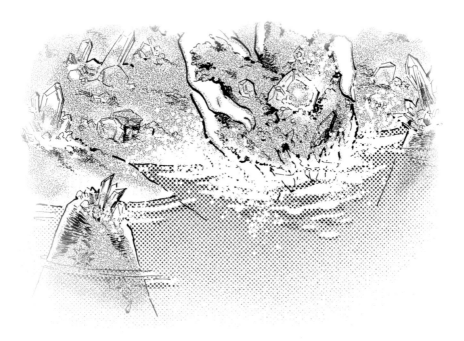

水頭hit pîng ê山坪下跤，菅芒花滿滿是，白色ê
岩石親像運動埕hiah平坦。有5、6个á細細ê人影，
有ê khiā--leh、有ê khû--leh，m̄知是teh挖抑是teh
埋啥物物件，in ê ke-si頭á koh會ták不時閃閃爍爍。

「來看māi--leh！」兩人同齊huah聲，做陣走
過去。

　　白岩石ê入口tshāi一塊用光滑ê瓷á製作ê牌á寫「波里歐辛海岸」，koh khah過去ê浮崙，一四界lóng圍幼幼ê鐵á欄杆kap木造ê長椅條，真suí neh！

　　「Ê！有奇怪ê物件喔。」甘派禮感覺真giâu疑，伊停落來uì岩石頂khioh一粒長長、烏烏koh雙pîng頭尖尖，足成胡桃ê物á。

　　「你看，是胡桃，足tsē neh！這m̄是tuè水流來ê，是本底就seh tī石頭縫--ê。」

　　「有夠大粒ê，這比一般ê胡桃koh加一倍大。規粒好好無khò傷。」

　　「緊過來hia看，in m̄知teh挖啥？」

　　兩人手sa摸起來粗粗皺皺ê胡桃koh向前行。倒手pîng烏色ê水波浪親像溫柔ê爍nah溢起lih到岸頂；正手pîng ê山坪，規phiàn bē輸龍á銀kap螺á殼做ê菅芒花輕輕á搖弄。

　　Uá近kā看，一个lò跤lò跤、掛厚tut-tut ê近視目鏡，穿長靴管kài成是學者ê人，足注心ná tī leh手摺簿á寫筆記，ná對hit三个tng teh giáh tshiám-á抑是thuh-á ê助理huah東huah西，hiàm in做這做彼。

　　「Hia thuh kuân ê所在m̄-thang破壞去！用thuhá啦，kā你講thuh-á！啊！Uì khah遠ê所在挖！按呢bē使，kā你講bē使，你哪會按呢粗跤重蹄！」

斟酌kā看，tī白色軟軟ê岩石內底，the一隻大大隻白sih-sah散phún-phún ê獸骨，to挖beh一半出來ah。Koh看一下真，岩石hia有兩个跤蹄印，hōo人切做四四角角、足整齊，有十塊，ta̍k塊koh kā編番號。

「恁是來參觀--ê hioh？」Hit位大學者kā目鏡thuh--一下，目睭展金看對tsia來teh問。

「有真tsē胡桃，著--bô？彼差不多是一百二十萬冬前ê胡桃喔！算是kài新--ê！Tsit-tah tī一百二十萬冬前，新第三世紀以後，本底是規个海岸，下跤ē-tàng挖出一大堆ê螺á殼。現此時溪水流過ê所在，早前就是有時khó流、有時tīnn流ê海水。若講著tsit隻野獸，伊號做原牛（Bos primigenius）……。Ueh，ài用鐵耙á，khah sè-jī--leh，khuann-khuann-á kiāu開。Tsit種動物就是牛ê祖先，古早kài tsē neh。」

「這beh做標本是m̄？」

「M̄是，Beh做證明ê。照阮看，tsia ê厚質地層有真tsē出土證據lóng ē-tàng證明這大概是一百二十萬冬前ê無m̄著。M̄-koh，別人kám mā會按呢看tsit个地層。無定in看著ê只是風kap水，iáu koh有曠闊ê

天niā-niā。恁kám知影？Iáu-m̄-koh⋯⋯。Ueh！Hia mā bē使用thuh-á，下跤層應該就是pín-á骨！」學者hiong-hiong-kông-kông趕緊走過去。

「時間beh到ah！Ài來轉looh！」甘派禮指地圖kap手錶á teh講。

「好！按呢失禮，阮先來走。」石邦尼好禮á kā學者tìm頭行禮。

「按呢，再會looh！」學者又koh無閒tshih-tshih繼續四界巡來巡去。兩人tī白岩石頂拚性命走，驚會jiok bē著火車。結果，走kah ná像一陣風，m̄-nā無喘phēnn-phēnn，跤頭u mā bē感覺痠疼。

石邦尼心內teh想，若是tsiah-nī gâu走，全世界to會使走透透。

兩人走過溪á堘，ka票口ê電火漸漸á變大pha，一時á，in已經坐tī車廂內看tú才走轉來ê方向ah。

第八章

掠鳥á--ê

「Tsia kám ē-tàng坐？」

Uì in兩人ê kha脊後傳來sau聲sau聲ê大人聲，m̄-koh足親切。

是一个穿一領咖啡色、àu舊àu舊ê外套，肩胛頭phāinn兩包白色ê包袱á，留兩撇紅tshuì鬚，略á khiau-ku-khiau-ku。

「會，會使啦。」石邦尼nátìm頭ná講。藏tī紅tshuì鬚內面êtshuì角微微á笑，伊ûn-liâu-ákā包袱á khǹg起lih架á頂。石邦尼suah hiông-hiông感覺又koh孤單又koh稀微，tiām-tiām-á相頭前ê時鐘，tsit時聽著「pi—」一聲，火車táuh-táuh-á teh起行ah。甘派禮兩蕊目睭四界teh相車廂ê天pông，一pha電火

頂hioh一隻烏色ê龜á，大大身投影tī天pông頂。紅tshuì鬚--ê喙角微微á笑，用思慕ê眼神看石邦尼kap甘派禮。火車愈走愈緊像用飛ê leh，窗á外ê河溪、菅芒、河溪、菅芒一幕一幕直直走閃過。

Tsit時陣紅tshuì鬚--ê淡薄á躊躇，問in講：「恁beh去tó位啊？」

「啥物所在lóng去。」 石邦尼歹勢歹勢kā應。

「按呢真好啊，tsit pang火車確實ták所在lóng會到喔！」

「啊你--leh？」甘派禮hiông-hiông kā問，bē輸beh kap人冤家--leh，石邦尼忍bē-tiâu suah笑出來。Hōo坐tī對面頭戴尖帽á、褲頭結一支大支鎖匙ê人也tuè leh笑，甘派禮ka-kī mā歹勢kah面á紅kì-kì。M̄-koh，hit个人並無受氣，只是略á激一下á表情，講：「Tann阮beh落車ah。阮是掠鳥á teh做生理--ê。」

「掠啥物鳥á？」

「鶴啦雁啦，mā有白翎鷥kap天鵝。」

「鶴kám有足tsē？」

「有喔！頭tú-á有teh啼，你kám無聽著？」

「無neh！」

「Tsit-má mā koh聽會著啊！來，恁耳空iah hōo
利，斟酌聽看māi。」

兩人目睭展kah金金金，耳空iah kah利利利，tshit-tshiak tshit-tshiak ê火車聲kap菅芒花搖弄ê風聲，ná像是水湧聲一聲一聲湧過來。

「鶴是beh按怎掠？」

「鶴nih？抑是白翎鷥？」

「白翎鷥。」石邦尼ná應心內ná teh想：Tó一種lóng會用得。

「彼喔，簡單啦！白翎鷥本成就是ài溪埔á ê沙á kian-kian才會來ê，終其尾in iáu是ài轉去河溪，所以tī溪邊等，等白翎鷥飛落來ê時，thàn伊雙跤teh-beh伸落塗跤ê時陣，順勢緊手kā tshih落去，伊就會kiu-kiu做一伙，規身軀就ngē-tsiānn-ngē-tsiānn、tiām-tiām-á死去ah。Tshun ê免講mā知，只要kā teh hōo扁、sok hōo ta就會使ah。」

「Teh扁、sok ta！是beh做標本喔？」

「M̄是標本。Ta̍k-ke lóng kā提來食neh！」

「按呢足奇怪neh。」甘派禮頭khi-khi，伊完全bē了解。

「這哪有啥物thang奇怪--ê。怎看！」查埔人khiā起來，uì架á頂提包袱á落來，伊真猛手，一沿

一沿隨kā tháu開。

「來，恁看！這是我tú掠著ê。」

「有影是白翎鷥neh！」In兩人同齊huah出聲。毛衫白tshang-tshang ê白翎鷥和進前ê比十字架kâng款teh發光，足足有十隻，鳥á身變kah sió-khuá-á扁扁，鳥跤爪kiu-kiu，看起來足成浮雕。

「伊ê目睭kheh-kheh neh。」甘派禮用指頭á輕輕á摸白翎鷥新月形ê目睭，頭殼頂像發角ê hit tshok毛mā teh發光。

「你看，著--bô！」掠鳥á--ê kā包巾á thiap好勢，用索á捆捆、pák pák起來。石邦尼心內teh想：Kám有啥人會食白翎鷥tsit款物á？就問講：「白翎鷥kám有好食？」

「Mh，ták工lóng mā有人注文。是講雁koh khah有銷。雁khah大格款，上要緊ê就是khah省事。你看！」掠鳥á--ê koh tháu別包，就看著黃--ê、水藍--ê毛色相交插kài成火光ê雁，kap tú才ê白翎鷥kâng款tshuì合合、身軀sió-khuá-á扁扁，排kah真整齊。

「這隨ē-tàng食。Kám beh試看māi？」掠鳥á--ê kā雁ê黃跤輕輕á giú一下，就親像是tsio-kóo-leh-tooh做ê leh，手peh leh就開ah。

「按怎？試一sut-á看māi。」掠鳥á--ê kā at做兩kueh tu過來。石邦尼食一tshuì了後，想講：「啥貨，這to糖á mà！比tsio-kóo-leh-tooh koh khah好食，tsiah大隻ê雁哪有才調飛起lih天頂！Tsit個查埔人一定是uì平洋hia人teh賣糖á餅ê擔á買來ê。雖罔我看bē起tsit个人，m̄-koh食人ê物á koh看人無點，實在對人真不住。」落尾，iáu是一tshuì suà一tshuì pōo了了。

「Koh食--kuá-á。」掠鳥á--ê koh kā包巾á提出來。石邦尼有想beh koh食，m̄-koh尾--á真sè-jī講：「有夠ah，多謝。」掠鳥á--ê換tu hōo坐tī對面hit个褲頭結鎖匙ê人。

「哎呀！食你beh做生理ê物件，按呢歹勢啦。」Hit个人ná講ná kā帽á liú落來。

「Bē啦！免sè-jī。按怎，今年ê渡鳥tsē抑少？」紅tshuì鬚--ê kā問。「Honnh！有夠精彩ê啦。昨--日第二節hit kha-tau，m̄知啥緣故，燈台ê電火規个無正常，一時á tóh起來、一時á koh hua去，khà來報故障ê電話接bē離。舞規晡久，根本to m̄是阮ê問題，彼是規大陣渡鳥烏khām-khām飛過電火頭前，kā光線tsàh tiâu--leh，阮beh哪有法度！我kā in講：Hóo！怎kā我講是有效nih？M̄著去講hōo hit陣kā羽毛當做風mua，跤爪kap tshuì-pue lóng尖尖尖ê老大--ê聽。

哈哈！」

　　菅芒花已經無ah，tshák目ê光線uì對面ê平洋tshiō
過來。

　　「是按怎白翎鷥khah費氣--leh？」甘派禮tú才就
想beh問tsit个問題。

　　掠鳥á--ê越向in tsit pîng講：「彼喔，若想beh食
白翎鷥，ài kā吊tiàm銀河ê水光跤phák十日，無著ài
埋tiàm沙塗裡3、4工，等水銀燥水才會食得。」

　　「這m̄是鳥á，是糖á著--bô？」甘派禮iáu是有kâng
款ê想法，規氣下決心kā問。掠鳥á--ê tsit時tsiânn
著急講：「喔，著啦！好落車ah！」伊才tú講beh kuānn
行李niā，thài會隨無看見人ah。

　　「人--leh？Tó位去ah？」In兩人你看我、我看你。

　　燈塔ê守衛á，雙手略á伸勻一下koh奸臣á笑。甘
派禮in kā頭探出去窗á外，看著tú才hit个掠鳥á--ê，
khiā tī溪á墘hit phiàn母kiánn草ê草á埔，規大phiàn
ê草埔頂現出黃色kap水藍色美麗ê燐光，伊雙手展開
開，兩蕊目睭金金真注心teh看天頂，相kah目睭lóng
無轉輪。

　　「伊去到hia ah！有影kap人無kâng。一定是beh

去掠鳥á。Thàn火車iáu-buē走遠進前緊掠著才有影！」
話tú講suah，隨看著闊bóng-bóng ê天頂有規大陣ê白
翎鷥，ná像落雪--leh，一隻á一隻飛落來。掠鳥á--ê
bē輸早就算準準ah，伊雙跤khiā開開tsat 60度ê屈勢
koh tshuì笑目笑，雙手緊猛kā kiu-kiu做一伙ê白翎
鷥，uì鳥á ê跤爪掠--leh，koh一隻á一隻kā teh hōo
tiâu，隨tshih入去布袋á底。布袋á內ê白翎鷥親像火
金蛄teh展出藍光，爍--leh爍--leh，落尾lóng變kah
白霧白霧，suà來目睭kheh-kheh，就死翹翹ah。Hia--ê
無hōo掠著ê飛落來歇tī河溪ê沙埔頂，顛倒比hōo掠著
ê koh khah tsē。Hia--ê鳥á ê雙跤若去bak著塗沙就像
冰雪tsuán溶去，開始kiu水變kah扁扁，隨koh ná像uì
火鼎hiânn出來ê青銅膏漿--leh，tī幼沙á kap細粒石頭á
頂面渽開，頭起先沙埔頂iáu有留鳥á形，一下á光、一
下á暗，爍兩三pái了後，就完全kap四周圍lām-lām做
一伙、分bē清ah。

　　掠鳥á--ê té差不多二十隻ê白翎鷥入去布袋á了後，
koh hiông-hiông kā雙手展開開，ná像軍人著tshìng、
死去ê姿勢，一目nih-á隨無看見影跡。Tsit時，石邦
尼耳空邊傳來熟sāi ê聲音：「啊！足爽快，盡本份、好
好á做koh有thàn--kuá-á，有夠幸福！」越頭一下看，
掠鳥á--ê已經tī hia teh整理tú掠來ê白翎鷥，一隻一
隻kā thiàp hōo好勢。

「你是按怎有法度uì hia一tiap久á就隨來到tsia--leh？」石邦尼感覺足神奇，真giâu疑kā問。

「哪有按怎，我若想beh來就來啊。恁到底是uì tó位來ê？」

石邦尼想beh隨kā回答，m̄-koh suah按怎想to想bē起來ka-kī是uì tó位來ê。甘派禮mā著急kah規面紅紅紅，拚勢想。

「啊，是uì足遠足遠ê所在來ê honnh。」掠鳥á--ê ka-kī一粒頭khòk-khòk tìm，ná親像伊知ê款。

第九章
石邦尼ê車票

「規个天鵝區到tsia就盡磅ah。恁看，彼就是『頂港有名聲，下港上出名』ê天鵝星座（Albireo）觀測站。」

窗á外看起來像teh放煙火ê所在，銀河ê正中央，有tshāi四棟烏色ê大建築，其中一棟厝尾頂ê平台，有兩粒ná水晶ê藍璇石kap黃玉á做ê圓球足大khian，tiām-tiām-á tī hia sėh圓khoo-á，thang光koh顯頭。黃ê hit粒ûn-liâu-á sėh向對面，藍ê sėh對tsit-pîng過來，兩粒球sėh相tshím ê時，成做青色ê雙面膨鏡，看著足suí--ê。Suà落中央hia táuh-táuh-á膨起來，到尾--á hit粒藍ê轉來到正中央ê時，中央suah變做青ê、外界線tsiâu是黃ê圓輪光。了後漸漸á拆離koh sėh轉去進前hit个膨鏡ê模樣，落尾藍寶石sėh向對面，黃

玉á對tsia來，回復kah原本看著ê kâng款。Hōo銀河無聲無說ê水包圍--leh ê烏色觀測站，倒tī hia tiām-tsih-tsih，睏kah真落眠ê形。

「彼是測量水速ê機械，水若是……。」掠鳥á--ê講kah一半，「車票借看一下。」一个戴紅帽á、lò-

kha-lò-kha ê車掌m̄知tī時直直khiā tī in三个ê坐位邊
á puh出tsit句。掠鳥á--ê tiām-tiām-á uì暗袋á jîm
一張細張紙出來。車掌眼一下隨向石邦尼in兩个tsit-
pîng kâng款手伸過來，ná像teh講：恁ê--leh？

「來，票tī tsia！」石邦尼tng teh tùn-tenn ê
時，甘派禮真自然kā鳥鼠á色ê車票提出來。石邦尼開
始緊張起來，kám會是khǹg tī外套ê lak袋á裡？Kā手
tshun入去摸看--leh，suah摸著一張大張ê áu紙。心內
感覺怪奇，哪有這？趕緊kā提出來，是一張草á色ê紙
áu做四áu，差不多像光批hiah大張。車掌ê手iáu伸
tī hia teh等，石邦尼tshân-tshân tu hōo車掌。車掌
接過、phah開，足慎重koh看kah足頂真，ná看suah
ná teh調整伊外套ê鈕á，連燈塔ê守衛á mā頷á頸伸長
長teh看，石邦尼感覺彼的確是啥物證明書，心肝窟á
一陣燒lō，感動kah！

車掌問講：「這kám是uì第三次元空間tsah--來
ê？」

「我mā m̄知。」石邦尼知影無要緊ah，頭giàh起
來gi-gi-á笑kā應。

「好。本列車預定第三時段beh到後一站南十字。」
車票還hōo石邦尼，車掌就離開ah。

　　甘派禮等bē赴beh看hit張紙，頭緊tu過來看，石邦尼ka-kī mā足想beh知影這到底是啥。想bē到看著規phiàn烏mà-mà ê suan藤á花草內底，竟然有印足奇怪ê字，直直相koh ká-ná強beh hōo吸入去--leh。掠鳥á--ê目尾uì邊á lió著，驚一tiô講：「哎呀！不得了！Tsit張車票連天堂to ē-tàng去。M̄-nā天堂，是想beh

去tó位lóng會用得ê通行證。無m̄著,有tsit張m̄-nā是tsit號無完全幻想ê第四空間ê銀河鐵道niā-niā,是啥物所在lóng ē-tàng去。你真正無簡單neh!」

「我iáu是聽無啥有。」石邦尼面á紅紅,ná應ná koh kā票áu好勢khǹg入去lak袋á。伊感覺歹勢歹勢,就kap甘派禮同齊看對窗á外,略略á影著掠鳥á--ê不時越頭看in,像teh呵咾in真gâu ê款。

「鷺鷥站teh-beh到ah。」甘派禮指對岸三个排相uá ê水藍色三角標kap地圖按呢講。

石邦尼suah hiông-hiông感覺掠鳥á--ê足可憐,真同情伊。掠著白翎鷥就歡喜kah hit款形,用布一沿一沿包kah hiah工夫,對別人ê車票大驚小怪,緊beh kā人phôo-phôo-thánn-thánn……,一項一項kā想來,石邦尼suah想beh kā伊所有ê物件kap食物lóng送伊,若是tsit个掠鳥á ê生份人ē-tàng得著幸福,就算ka-kī khiā tī會發光ê銀河溪á墘一百冬,變成鳥á由在伊掠mā無要緊。所致石邦尼想到tsia,就無法度koh激tiām-tiām,足想beh kā問講,你真正向望beh得著ê物件是啥物?M̄-koh,青磅白磅就kǎng問,kám bē siunn失禮?Tng m̄知beh按怎ê時,越頭一下看,已經無看見人ah。架á頂ê白巾包袱á mā無看見ah。Kám是koh走出去外口,用雙跤teh大力tsàm塗跤,koh ná看天頂ná準備beh掠白翎鷥--leh？不而過，窗á外面kan-na有一大phiàn美麗ê沙埔kap菅芒花白色ê海波浪，全然無看見掠鳥á厚實koh勇壯ê背影kap hit頂尖帽á ah。

「Hit个人--leh？」甘派禮mā sa無tsáng。

「M̄知走tó位去ah？Kám ē-tàng koh看著伊？我哪會無kap伊加講kuá-á話--leh。」

「Mh，我mā按呢想。」

「Hiàng時我感覺hit个人真tshák目、足低路，tsit-má心內感覺真bē過心。」石邦尼頭一pái有tsit款奇怪ê心情，以早mā m̄-bat講過tsit款話。

「Ná像有蘋果味neh！Kám是因為我tng teh想蘋果？」甘派禮不止á好玄teh四界看。

「真正有蘋果味neh！Koh有野玫瑰ê芳味！」甘派禮目睭tuè leh四界相，彼芳味應該是uì窗á外傳來ê。是講tsit-má是秋天neh，beh哪會有野玫瑰ê花芳味--leh。

Tsit時，目睭前出現一个六歲ê查埔gín-á，頭毛烏sìm-sìm，穿一領紅色ê外tháh，鈕á也無鈕，面á驚kah青sún-sún，thǹg赤跤khiā tī hia規身軀phih-

phih-tshuah。邊á一个生做lò-siák-siák ê少年家，
穿一su烏西裝，kài成hōo大風搧過ê雞榆樹hit範，kā

查埔gín-á ê手牽tiâu-tiâu。

「哎啊！Tsia是tó位？足suí neh。」少年家ê kha
脊後，有一个差不多十二歲、真古錐ê查某gín-á kā
伊ê手勾--leh，兩蕊咖啡色ê目睭活lìng-lìng，看對窗
á外去。

「啊！Tsia是Lan-kha-sia（Lancashire）！Ḿ
是，是Kho-né-ti-kheh（Connecticut）。喔！無啦！
咱tsín來到天頂，beh去天堂ah。恁看，彼就是天堂ê
記號。免koh驚惶ah，咱受著神ê召喚looh。」穿烏西
裝ê少年家歡頭喜面kā查某gín-á講。Ḿ-koh，伊目頭
suah結結，看起來足thiám，勉強激一個笑容hōo查埔
gín-á坐tiàm石邦尼ê邊á。了後koh溫柔á看hit个查某
gín-á，手指對甘派禮邊á ê位。查某gín-á kā雙手相
thảh，真tāi-tsâi乖乖á坐落來。

「我beh去tshuē阿姊。」kha-tshng to坐iáu-buē
燒ê查埔gín-á表情真ku怪，對tú坐落去ê少年家講。少
年家tsiânn悲傷，無講半句話，gōng神gōng神掠查埔
gín-á hit phō khiû-khiû、tâm-tâm ê頭毛金金相。查
某gín-á hiông-hiông雙手掩面，細細聲teh哭。

「阿爸kap菊代姊koh有真tsē工課ài做，khah等--
leh就到位ah。Ḿ-koh，khà-sàng to等咱足久ah。
Khà-sàng一定等kah足煩惱，想講：『我ê心肝寶貝阿

正tsit-má m̄知是teh唱tó一條歌？落雪ê早起時，ták-ke kám有手牽手圍tī埕裡ê草á埔，séh來séh去teh tshit-thô？』所以，咱緊來去見khà-sàng。」

「Mh，若是我mài上船就好ah。」

「Hènn啊，m̄-koh恁看天頂，hit條壯觀ê銀河，就是咱熱人ê時teh唱ê『天星天星閃閃爍』，歇睏ê時陣uì窗á外看出去白茫茫ê所在。就是tī hia，有suí--bô？爍--leh爍--leh光iānn-iānn neh！」

姊姊提手巾á kā目屎拭拭--leh，看對窗á外。少年家輕聲細說開破hōo兩姊弟á聽：「無啥物thang好傷心--ê，咱有tsiah-nī美好ê旅行，liam-mi就beh去到神ê國度。Hia m̄-nā光明、清芳，koh有真tsē善良、親切ê人。Hia--ê代替咱坐起lih救命船ê人，lóng會得著救贖，in會使轉去為in操惱、為in等待ê爸母ê身軀邊，轉去in溫暖ê家。Teh-beh到ah，來，khah有精神--leh，咱沿路唱歌沿路向前行！」少年家ná摸查埔gín-á tâm-lòk-lòk ê烏頭毛，ná安慰ták-ke，伊ê面容mā加真清彩。

「恁是uì tó位來--ê？」進前燈塔ê守衛á ná小略á知影狀況，teh問少年家。少年家微微á笑一下。

「啊，船lòng著冰山沉落去ah，tsit兩个gín-á in阿爸tī兩個月前，有緊急ê代誌先回國looh，阮khah

uànn才出發。我讀大學ê時，hōo in tshiànn做家庭教師。Suah想bē到，上船了後第十二工，m̄知今á日抑是昨昏，船去lòng著冰山，tsuán按呢khi規pîng，強強beh沉落去。Hit當時月光暗淡，khah-bông罩霧。而且，倒pîng船艙裡一半以上ê救生艇tsiâu lòng pháinn了了，所有ê人lóng無法度坐起lih救生艇。我拚命大聲huah：『拜託--leh，hōo gín-á先上船！』附近ê人隨讓一tsuā路出來，koh替gín-á祈禱。M̄-koh，tī beh到救生艇進前，iáu有tsē-tsē ê細漢gín-á kap爸母tī hia等，我實在無勇氣kā in sak開。照理講，救tsit兩个gín-á是我ê義務，本底應該ài kā頭前ê gín-á sak開。只不過，我想講若硬beh救in，較輸做伙來去神ê面頭前，無定著對in來講才是真正ê幸福。Koh想倒轉來，我一定ài救in，就hōo我孤一个去神ê面頭前承擔罪過就好。看著目睭前所發生ê情景，我有影做bē到。做阿母ê緊kā gín-á送上船頂了後，bē輸掠狂leh直直iat手，做阿爸ê真堅強，親像鈍刀割心腸--leh，tiām-tiām-á kā悲傷吞腹內。船直直沉落去，我已經徹底覺悟，kā in攬tiâu-tiâu，tī水面看ē-tàng浮guā久就浮guā久，等船漸漸á沉落去海底。有人tàn一个救生khoo-á來，可惜tshu uì別位去。我出力kā甲板ê欄杆拆落來，三个人做伙掠kah ân-ân-ân。Suà落m̄知uì tó位傳來ê聲音，聽著ták-ke用無kâng國ê語言同齊teh唱歌。Tsit時，hiông-hiông piáng一聲，阮puah落水底，我叫是hōo ká入

去捲螺á-tsńg，我kā in攬tiâu--leh，感覺頭殼gông-gông，一下á就來到tsia ah！In阿母舊年就過身ah。著，坐起lih救生艇ê人應該有救起來ah，hit幾位專業ê舵公技術真好，足緊就駛離大船。」

Tsit時，傳來一陣一陣稀微ê祈禱聲，石邦尼kap甘派禮liâu-liâu-á想起早前已經放bē記得ê種種，目khoo燒燒、紅紅。

（啊，hit phiàn大海kám是太平洋？Tī冰山河北pîng ê大海頂，有人駛細隻船á，tī寒kah gàn入骨ê天時，tng teh kap冷霜霜ê風、冰凍ê海水tshia-piànn，認真骨力做工課。我實在真同情hit个人，而且感覺真bē得過。我是beh按怎才會hōo hit个人得著幸福--leh？）

石邦尼頭lê-lê，艱苦kah m̄知beh按怎才好。

燈塔ê守衛á kā安慰：「幸福是啥物我是m̄知啦。我kan-na知影無論頭前ê路guã-nī艱難，只要是正確ê，m̄管上kuân山、落大海，咱若盡力去做，幸福就會離咱愈來愈近。」

「是啦，為beh達到上大ê幸福，過程裡種種ê悲傷kap苦難，mā tsâiu-tsiâu是神ê旨意。」少年家像teh祈禱按呢kā回答。

Hit對姊弟á已經thiám kah隨人the tī椅á頂睏去

ah。In原本to thǹg赤跤，mā m̄知tī時有穿好柔軟ê白鞋á ah。

「Tshih-tshiak tshih-tshiak……」火車駛過金光閃閃爍爍ê溪á墘，頭前窗á外ê平洋ná像走馬燈。千千萬萬支大大細細ê三角標tshāi tī hia，大型ê三角標面頂，有一點一點紅紅ê測量旗。一望無際ê平洋，聚集真tsē白茫茫ê雲霧。Koh khah遠ê所在，不管時有百百款形態ê煙火，變化萬千、ná有koh ná無teh閃爍，tshìng起lih khóng色ê天頂，清氣、thang光ê風吹來一陣一陣玫瑰花ê花芳味。

「Beh--bô？這號蘋果是第一pái看見honnh？」燈塔ê守衛á坐tī對面，雙手phóng大大粒ê蘋果，紅kòng-kòng koh tshap金柑á黃ê色水，suí kah，伊驚落落去，真sè-jī khǹg tiàm跤腿頂kuân。

「奇怪，這uì toh來--ê？足suí neh！Tsit-tah有栽tsit款蘋果喔？」少年家驚一tiô，伊目睭bui-bui、頭khi-khi，掠守衛á手裡ê hit堆蘋果金金相。

「來，來提一粒！免sè-jī，做你提。」

少年家提一粒，目睭對石邦尼in兩人lió一下。

「來，對面ê gín-á兄，按怎？來提--kuá啦。」

　　石邦尼hőng叫gín-á兄，無kài歡喜、無意無意kik-tiām-tiām，甘派禮隨講：「多謝。」少年家提hōo in一人一粒，石邦尼只好khiā起來說多謝。

　　守衛á雙手khah空ah了後，伊看hit兩姊弟á眠kah真落眠，就kā tshun ê兩粒蘋果，一人分in一粒，輕輕á下tī in ê跤頭u頂kuân。

　　「真多謝。Tsiah-nī suí ê蘋果，是tó位á栽--ê？」少年家斟酌看蘋果koh問。

　　「Tsit附近有農業，大概有一半是自然生成--ê。所以作穡mā無hiah費氣。咱只要kā ka-kī想beh ài ê種子iā落去，農作物自然就會直直大欉。就連稻粟mā像太平洋hia ê kâng款，m̄-nā無殼koh加十倍大，鼻著是芳kòng-kòng koh kòng-kòng芳喔。M̄-koh，恁beh去ê所在無農作物，無論蘋果抑是糖á餅lóng無粕mā無餅幼á，所致每一个人食落去了後，就會uì毛管空pik出無相siāng ê清芳。」

　　Hit个查埔gín-á目睭hiông-hiông展金講：「我夢著阿母ah，阿母hia有足氣派ê櫥á kap冊，手伸長長一直對我笑。我講：『阿母，我khioh一粒蘋果hōo你啦！』了後就醒ah。啊，tsia kám是tú才ê火車頂--leh？」

少年家講：「蘋果tī tsia。這位阿伯送你ê喔。」

「多謝阿伯。阿姊iáu-koh teh睏neh，我kā叫起來。阿姊，你看，咱有蘋果，你緊起來看。」

阿姊聽著笑笑á精神，伊雙手giảh kuân-kuân jia tshảk目ê光線，隨看著蘋果。查埔gín-á已經大大tshuì teh食looh，蘋果皮削kah一lìn一lìn親像紅酒ê酒開á形，beh落落去塗跤進前，隨就化做煙霧消失去ah。

石邦尼in兩人真sè-jī kā蘋果khǹg入lak袋á內。

溪尾對岸有一大phiàn青piàng-piàng ê樹林，樹ue頂一粒一粒紅phànn-phànn、圓圓圓ê果子生kah滿滿是，樹林中央tshāi kuân-kuân-kuân ê三角標，管弦樂kap木琴合奏出和諧、美麗ê旋律，tuè陣陣ê涼風uì樹林內傳來。

少年家ná像去hōo電電著kâng款，tsùn一下。

Tiām-tiām-á聽，規phiàn黃ê抑是草á色，宛然光明曠闊ê平洋抑是地毯鋪tī面頭前，koh親像日頭光tshiō tī thang光ê露水按呢白phau-phau、幼mī-mī。

「啊！烏鴉！」甘派禮邊á hit个叫做阿薰ê查某gín-á teh huah。

「M̄是烏鴉，是客鳥啦！」甘派禮無講無tànn huah kah足大聲，ná teh罵--人，石邦尼suah笑出來，查某gín-á歹勢kah。溪岸頂水藍ê光線裡，規大陣烏色ê鳥隻排規排算lóng bē清，tng teh領受銀河輕軟ê柔光洗禮。

「客鳥neh，後khok有發一tshok毛！」少年家趕緊so圓、化解。

Tsit時對面規个青lìng-lìng ê樹林裡ê三角標，已經來到火車正頭前，uì火車尾遠遠ê所在，傳來熟sāi ê旋律，彼是呵咾、讚嘆ê歌聲。足tsē人teh合唱ê款。少年家面色青sún-sún，khiā起來beh行去hit pîng，想想--leh koh坐落來。阿薰提手巾á掩面，連石邦尼mā鼻頭酸酸。Tī不知不覺裡，ták个人lóng開tshuì kin leh唱hit條歌，歌聲愈來愈清楚、愈來愈大聲。落尾，石邦尼kap甘派禮mā真自然tuè ták-ke做伙唱。

草橄欖樹林看bē著ah，銀河hit pîng閃閃爍爍ê光線漸漸消失去ah，遠遠傳來怪奇ê樂器聲mā因為風聲kap火車聲相透lām，變kah足細聲。

「啊！有孔雀！」

「Hennh neh，足tsē！」查某gín-á回答。

　　Tsit時，石邦尼看著孔雀已經變kah足細隻，ná像一粒青色螺á殼形ê鈕á tī樹林頂。孔雀見若kā翼股展開koh合起來ê時，不時to有水藍色ê反光teh閃爍。

　　甘派禮對阿薰講：「著啊！Mā聽會著孔雀ê叫聲。」

　　查某gín-á應講：「Mh，上無有三十隻。Tsit-má聽起來ná像七弦琴ê聲就是孔雀喔！」石邦尼ê心肝頭hiông-hiông一陣心酸，忍bē-tiâu激一下面腔、歹聲嗽講：「甘派禮，咱uì tsia跳落去tshit-thô啦。」

　　銀河分出雙叉路，烏mà-mà ê島嶼中央起一座高台，頂kuân khiā一个衫á褲穿kah lang-lang闊闊、戴紅帽á ê查埔人。雙手giah青色kap紅色ê旗á看天頂拍信號。石邦尼看伊一直iat紅旗á，一目nih á隨kā紅旗á藏tī kha脊後，換kā青旗á giah kah kuân-kuân-kuân，親像交響樂團ê指揮kâng款。Kâng時陣空中響起si-si-sā-sā ê落雨聲，規phâng規phâng烏khām-khām bē輸是tshìng子--leh，飛對河溪hit pîng去。石邦尼真好玄kā身軀伸出去窗á外，足suí足suí koh曠闊ê天頂，有一陣koh一陣千千萬萬ê鳥隻tsih-tsih-tsiúh-tsiúh飛過。

　　「鳥á飛過ah neh！」石邦尼kā頭伸出去窗á外teh講。

「Tī tó？」甘派禮mā看天頂。Tsit個時陣，高台頂hit個查埔人kā紅旗á giảh kuân-kuân khỏk-khỏk iảt，規群ê鳥隻全部lóng停落來，kâng時mā聽著uì溪á尾傳來「phiáng」一聲，kài成是山崩去kâng款，了後tiām靜一khùn-á。Suà落，戴紅帽á--ê koh開始拍信號，giảh青旗á大聲huah：「渡鳥啊，thàn tsín緊飛過！渡鳥啊，thàn tsín緊飛過！」聲音清楚koh響喉。Tsit時，幾若萬隻鳥á同齊飛向前。石邦尼in兩人頭探出來窗á外，查某gín-á mā探出來看，伊ê面模á suí koh金滑。

查某gín-á對石邦尼講：「哇！鳥á有夠tsē，天有夠suí！」Ṁ-koh石邦尼感覺伊真驕頭，無想beh kap伊講話，略á bih-tshuì、tiām-tiām-á看天頂。查某gín-á輕聲á吐一個大氣，轉來坐--leh。甘派禮感覺淡薄á失禮，就對窗á外kā頭kiu轉來看地圖。

「Hit個人kám是teh訓練鳥á？」查某gín-á細細聲問甘派禮。

「是teh kā渡鳥拍信號，一定是tó位beh放蜂á火。」甘派禮無啥確定kā應，車內安靜無聲。石邦尼mā想beh kā頭kiu轉來。Ṁ-koh，光火通明中面對tảk-ke對伊來講真艱苦，伊忍tiâu--leh無講話繼續保持hit個姿勢，khiā leh khoo-si-á。（是按怎我會tsiah艱苦--leh？我kám是應該心胸放hōo闊、心情

放hōo清--leh！溪岸hit pîng親像雲霧青色ê煙火，安靜koh稀微。我目光應該詳細看hia，hōo心情平靜落來m̄才著。）

　　石邦尼用雙手kā疼tiuh-tiuh ê頭殼thuh--leh，看對遠遠hit pîng去。（啊！Kám無人ē-tàng永永遠遠kap我做伴？甘派禮放我一个人，做伊kap hit个查某gín-á講kah hiah投機、hiah趣味，我真怨tsheh neh。）石邦尼目屎含目墘，河溪ká-ná mā離伊遠遠遠，看起來一phiàn白茫茫。

　　火車漸漸離開河溪teh-beh通過山崁，對岸有烏sô-sô ê山崁，愈uá近溪尾ê山崁愈kuân愈崎。石邦尼看著足大欉ê番麥欉，一卷一卷葉á裡，有一穗一穗青翠koh飽穗ê番麥吐出紅紅ê番麥鬚，番麥米可比珍珠hiah suí。數量愈來愈tsē，tī山崁kap鐵枝路中央種kah規排lóng是，石邦尼kā頭kiu轉來看uì對面ê窗á外，kan-na看著規大phiàn美麗ê天直透延到地平線，tsiâu-tsiâu是大大欉ê番麥，tuè微微á風搖--leh搖--leh，大大卷ê葉á頂kuân，圓圓ê露水吸收日月精華，變成一粒一粒有紅、有青ê璇石，光彩美麗teh閃閃爍爍。甘派禮對石邦尼講：「彼是番麥neh！」M̄-koh，石邦尼心情iáu-buē恢復平靜，目睭看頭前，冷冷ákā應：「Henhn啊！」Tsit陣，火車táuh-táuh-á慢落來，經過幾个á標誌ê信號燈了後，停tī小車站。

正對面水藍色ê時鐘正正指tī第二時限，tsia無風無搖，火車mā無振動，tiām靜停tiàm平洋裡，kan-na時鐘tih-ta tih-ta照正確ê時間行徙。就tī時鐘tih-ta tih-ta聲ê làng縫，遠遠ê平洋傳來輕柔ê旋律，ká-ná絲線teh流動。

「這是《新世界》交響樂！」阿姊看對tsit pîng ka-kī細細聲á teh講。Tsit時規車ê人，連hit个穿烏衫、lò跤ê少年家kap所有ê人lóng沉醉tī溫柔、迷人ê美夢裡。

（Tsiah-nī安靜ê好所在，我thài會無法度歡喜--leh？是按怎kan-na我一个人tsiah孤單？甘派禮實在siunn超過，明明是kap我做伙坐車，suah顧和hit个查某gín-á講話。人真正足艱苦！）

石邦尼koh用雙手kā面遮--leh看對另外hit pîng ê窗á外。Tsit時若thang光玻璃hiah響亮ê pi-á聲響起，火車又koh起行，甘派禮mā孤單、稀微，一个人teh khoo《巡星之歌》。

「Hennh啦，henhn啦，tsit-tah是真危險ê高原。」Uì後壁傳來一位老大人像tú醒、興tshih-tshih teh講話ê聲。

「就準是beh種番麥，mā著ài用棍á挖兩尺深tiām種，m̄才puh會出來！」

「有影喔，beh去到溪岸邊kám iáu足遠？」

「著，著，去到溪岸邊大約iáu千六到千八米hiah遠喔。Hia ê山谷真正是有夠大koh有夠危險--ê啦！」

著honnh！Tsia kám m̄是Kho-lóo-lá-tooh（Colorado）高原？石邦尼想著ah。甘派禮iáu koh孤孤單單teh khoo-si-á，hit個查某gín-á ê面，親像hōo絲á巾包--leh ê紅蘋果，tú好看對石邦尼teh看ê所在。番麥穗無看見ah，一望無際烏色ê平洋出現tī目睭前。《新世界》交響樂ê旋律，清清楚楚uì地平線hit頭傳來，一個Indian（印地安人）nǹg過烏色ê平洋，頭殼頂插白色ê羽毛，手骨kap胸前用足tsē粒石頭á tsng-thānn，肩胛phāinn細支弓箭，拚勢teh jiok火車。

「啊！是Indian，Indian。恁看！」

穿烏衫ê少年家mā醒ah。石邦尼kap甘派禮lóng khiā起來。

「走來ah！走來ah！伊kám是teh jiok火車？」

「無啦，伊m̄是teh jiok火車喔！Khah成是teh拍獵抑是跳舞喔！」少年家手插lak袋á khiā起來按呢講，已經bē記得ka-kī tī啥物所在ah。

Indian看起來確實有成teh跳舞。伊若頭起先就用

走ê，跤步應該會khah省力，mā會khah認真才著。
Hiông-hiông hit支白羽毛ná像beh倒對頭前，Indian
隨擋tiām，緊手giú弓箭向天頂射出去。射著一隻白鶴
teh-beh puàh--落來ê時，Indian雙手展開koh開始走，
白鶴tú好hōo sîn-tiâu leh，伊歡喜kah笑足大聲。Uì
tsit　pîng看伊掠著白鶴ê身影愈來愈遠、愈來愈細，電
火柱mā相連suà直直走閃過，了後koh是番麥園。Uì
tsit　pîng窗á看火車駛過koh kuân koh崎ê山崁，崁跤
清koh闊ê溪流水，直直流，直直流……。

「Hennh啦，uì tsia開始beh落崎ah喔！Tsit kái
beh做一下駛去到水邊，真無簡單。就是因為tsit tah
足崎，所以火車絕對bē uì hit面駛過來。你看，愈走
愈緊ah！」Tú才hit位老大人按呢講。

Siú-siú siú-siú火車駛落崎，駛過崁跤邊á ê時，
看會著下跤清清清ê溪水。石邦尼ê心情有táuh-táuh-
á放輕鬆，火車經過細間厝á頭前，一个憂頭結面ê
gín-á看對tsia來，無張無持大聲huah-hiu。

火車愈走愈緊，車廂內大部份ê人身軀lóng the向後
壁，kā手huānn-á挽ân-ân。石邦尼kap甘派禮suah
起愛笑。銀河已經tī火車邊，溪á看起來比進前ê水流
koh khah tshuah流，tàk不時to看著teh puh水決。
粉紅色ê麥á花開kah滿四界，火車總算kā速度放慢落
來ah，順順á駛。

兩pîng溪岸lóng tshāi畫天星kap鶴tshuì形ê旗á。

「彼是啥物旗á？」石邦尼總算開tshuì講話ah。

「彼喔，m̄知neh！地圖頂kuân mā無。Iáu有用鐵á造ê細隻船neh！」

「Mh。」

查某gín-á講：「是teh造橋是--bô？」

「啊！彼是工兵旗，造橋演習beh用--ê。M̄-koh，也無看著工兵ê影跡。」

Tsit時，對岸附近khah uá溪尾ê所在，無形ê銀河之水，冰冷ê光teh閃爍，親像柱á按呢tshìng kuân，「póng」一聲足大聲。

「Pōng ah pōng ah！Pōng--開ah！」甘派禮歡喜kah跤弄手弄，phȯk-phȯk跳。

Hit支水柱消失了後，大隻紅鱝魚kap鱒魚pîng白肚，金爍爍ê魚鱗光uì半空中畫一个圓khoo-á落落去水底。石邦尼心情快活kah強強beh跳起來。

「是天頂ê工兵大隊。你看，鱒魚竟然會使跳tsiah kuân neh。我頭一pái體驗著tsiah-nī心適ê旅行。有影足讚--ê！」

「鱒魚若近近kā看有tsiah大尾neh，這水裡有真tsē魚á喔。」

「Mā有細尾魚á honnh？」查某gín-á mā來鬥鬧熱。

「應該有啦！有大尾--ê，當然mā有細尾--ê。只是siunn遠看bē著細尾--ê。」石邦尼笑笑á kā應，心情已經完全恢復ah。

查埔gín-á手指窗á外，hiông-hiông大聲講：「Hia定著是雙子星ê宮殿！」

正手pîng低低ê山崙頂，有兩座親像水晶khōng ê宮殿排相uá。

「雙子星ê宮殿是啥貨？」

「阿母kā我講過幾落pái ah。細座ê水晶宮殿一定是兩个排做伙。」

「你講看māi，雙子星是teh創啥--ê？」

「我知我知。雙子星是去平洋tshit-thô kap烏鴉冤家，著--bô？」

「M̄是啦！恁kám知，tī銀河ê溪岸，阮阿母講……」

「Hit陣彗星就ki-ki-kuâinn-kuâinn走來，著--bô？」

「Hooh，阿志，才m̄是按呢--leh！彼是別个故事啦。」

「啊in tsit-má m̄就tī hia teh pûn phín-á？」

「In落落去海裡ah。」

「M̄著啦。是uì海裡peh起lih天頂ah。」

「著，著！我知，我beh講故事。」

銀河ê對岸雄雄反紅，柳樹kap其他ê花草樹木規个烏mà-mà，無形ê銀河水湧，不時有像針ê紅光teh閃爍。對岸ê平洋hōo火焰燒kah規phiàn紅kì-kì，烏煙親像beh kā khóng色ê天燒kah臭火焦。Phīng紅璇石koh khah艷麗ê火焰燒kah足mé，suí kah真迷人。

石邦尼問講：「彼是啥物ê火？是燒啥火光才ē-tàng hiah-nī紅？」

「是蠍á ê火。」甘派禮頭lê-lê看地圖kā應。

「啊！蠍á火我知。」

石邦尼問查某gín-á：「蠍á火是啥？」

「蠍á hōo火燒--死ah，彼火到tann iáu-koh teh燒。阮阿爸講--ê。」

「蠍á kám是蟲thuā？」

「是啊！M̄-koh是好蟲。」

「蠍á才m̄是好蟲leh！阮看著博物館內底用酒精kā浸--leh。尾溜有ka刀針，阮老師有講過，若hōo tshak著會死。」

「是啦！M̄-koh mā算是好蟲，阮阿爸講--ê。古早Bà-lū-lo-la平洋有一隻蠍á，專門食細隻蟲thuā過日。有一日，去tú著一隻臭hiàn-bâ險險á hōo拆食落腹。蠍á驚一下半小死，走ká-ná飛--leh，尾--á iáu是hōo臭hiàn-bâ掠著。就tī tsit个時陣，看著頭前有一口鼓井suah tsuán puáh--落去，按怎樣to peh bē起來，強beh淹死ah。Hit時，蠍á祈禱講『啊！我tsit世人出世到tann m̄知奪走guā tsē性命ah。Tsit當陣換我beh hōo臭hiàn-bâ beh食我，我拚性命beh走，結果suah變做按呢。Tsit聲有影火燒罟寮——全無望ah。是按怎我無ài將我ê身軀獻hōo臭hiàn-bâ--leh？按呢上無伊會使koh加活--一工。神啊！我真心懺悔。請m̄-thang hōo我死kah tsiah空虛，拜託後過hōo我有機會ē-tàng奉獻我ê身軀，成全人ê幸福。』Hiàng時蠍á講suah了後，身軀隨就變成又koh紅豔又koh美麗ê火焰，tshiō光烏暗ê暗暝。阮阿爸講tsit-má iáu-koh teh燒，hit pha火就是。」

「Ioh！恁看，hia ê三角標tú好排做蠍á形。」

石邦尼真正看著大大pha ê火焰hit pîng有三个三角

標足成是蠍á跤管，tsit pîng五个三角標排做蠍á尾kap毒針。美麗紅豔ê蠍á火tiām-tiām-á燒，tiām-tiām-á tshiō光。

Hit pha燄火漸漸徙去後壁ê時，ták-ke聽著鬧熱ê音樂聲，koh有kânn花草芳ê khoo-si-á聲，ták个人你一句、我一聲，講kah熱phut-phut！Ná像teh-beh到城鎮looh，hia ká-ná有鬧熱祭典ê款。

「人馬座，露水落」石邦尼邊á hit个一直teh睏ê查埔gín-á hiông-hiông精神，看uì對面窗á外teh huah。

Hia tshāi一欉一欉青phiàng-phiàng親像聖誕樹ê杉á，樹林裡結tsē-tsē ê電火球á光iānn-iānn，看起來就像規千隻ê火金蛄聚集做伙。

「啊，著！今á日是人馬節neh。」

「啊！Tsia是人馬庄。」甘派禮隨接leh講。

查埔gín-á自信滿滿講：「若講著擲球喔，我上準！」

「南十字teh-beh到ah。請準備落車。」少年家對ták-ke講。

查埔gín-á講：「人koh想beh坐--一時á！」。甘派禮邊á ê查某gín-á無意無意khiā起來，ká-ná無

想beh kap石邦尼in分開。

「一定ài tī tsia落車！」少年家tshuì bih一下，看查埔gín-á teh講。

「我無愛啦！人koh想beh加坐--一時á才落去。」

石邦尼忍bē-tiâu講：「來和阮做伙坐，阮有啥物所在lóng會用ē去ê車票。」

查某gín-á略á失望，講：「M̄-koh，阮著ài tī tsia落車。Tsia是beh去天堂ê所在。」

「M̄免去啥物天堂mā無要緊。阮老師有講過，會使tiàm tsia起造比天堂koh khah好ê所在。」

「M̄-koh，阮阿母已經去天堂ah，而且神mā tī hia！」

「Hit種神是假ê神啦！」

「你ê神才是騙人ê神！」

「才m̄是--leh。」

「無，你ê神是啥物款ê神？」少年家笑笑á問。

「我無kài清楚，m̄-koh的確是真真正正唯一ê神。」

「真正ê神當然mā是獨一無二--ê。」

「Mh，m̄是清清彩彩，是正港唯一ê神。」

「按呢就著ah，我會祈禱恁tī真正ê神ê面頭前kap阮再相會！」少年家真虔誠kā雙手合起來，查某gín-á mā teh祈禱。Tȧk-ke依依難捨、m̄甘分離。石邦尼差一點á就哭出來。

「來，款好buē？Beh到南十字looh。」

Tng當tsit个時陣，無形ê銀河溪尾，青色、柑á色kap五花十色ê十字架，光線相透lām，bē輸一欉大樹khiā tī河溪中央光光閃爍，頂面水藍色ê雲尪khoo做圓輪光。火車頂所有ê人，像tī北十字hia　kâng款khiā起來祈禱。一四界lóng是gín-á看著果子歡喜樂暢ê聲，mā有uì心肝底虔誠ê讚嘆聲。了後，十字架漸漸á出現tī窗á正對面ê時，看著ná蘋果肉色緻ê雲尪，ûn-ûn-á圍疊出聖潔ê圓輪光。

「Halelu-ia！Halelu-ia！」眾人快活、喜樂ê讚嘆聲響起，遠遠冰冷ê天頂傳來清楚響亮ê喇叭聲。Tī信號燈kap電火ê燈光當中，火車慢慢á減速，落尾停tiàm十字架ê正對面。

「來，落車喔！」少年家kā查埔gín-á牽--leh，行向對面ê出口。

「再會looh！」查某gín-á越頭對in兩人講。

石邦尼目屎忍tiâu--leh，ná像teh受氣kā應：「再會！」

查某gín-á心內足m̄甘，目睭展kah大大蕊越頭koh看一pái了後，tiām-tiām行出去ah。人走一半khah加，空lo-lo ê孤單tuè冷風吹入來寂寞ê車廂內。

斟酌看，眾人規規矩矩、不止á虔誠跪tī十字架頭前ê溪埔頂。In兩人看著一位穿白衫、真神聖莊嚴ê人，liâu過無形ê河溪，伸手對tsia行來。Tsit時，傳來玻璃pi-á聲，火車beh koh起行，銀色ê雲霧uì溪尾飄來，目睭前啥物lóng看無。雲霧中kan-na有胡桃木ê葉á teh閃閃爍爍，金黃圓輪光ê電動膨鼠不時teh探頭，hőng看著伊古錐ê面。

雲霧一時間散開，規排光iānn-iānn ê路燈，ná像是beh thàng對某一條街á路。Hit條路有一段kap鐵枝路排相uá。Tng當in兩人經過路燈頭前ê時，細ka粒á、豆á色ê電火ká-ná teh kap in相借問，一下á就無--去ah，火車駛過了後，隨koh tȯh起來。

越頭一下看，十字架變kah足細个，ná像ē-tàng kā提來掛tiàm胸前--leh，目睭前霧霧看bē清，查某gín-á kap少年家是跪tī溪埔，抑是m̄知去tī tó位ê天堂ah。

石邦尼大大下吐一个氣。

「甘派禮，tshun咱兩人niâ，m̄管是天邊海角咱lóng做陣來去。就像hit隻蠍á kâng款，為著眾人ê幸福，準講身軀hōo火焰燒幾百遍lóng無要緊。」

「Mh，我mā是。」清氣ê珠淚kâm tī甘派禮ê目墘。

「M̄-koh，真正ê幸福到底是啥物？」石邦尼講。

「我mā m̄知。」甘派禮gōng神gōng神kā應。

石邦尼大力suh一口氣，講：「咱好好á做！」伊規身人充滿新ê活力。

「啊！彼是炭袋星雲，是天頂ê烏洞。」甘派禮閃開hit个話題，手指銀河ê某一跡teh講。石邦尼看一下suah gāng去，河溪真正有一空大大空ê烏洞。烏洞到底有guā深？內底藏啥？無論按怎juê目睭，按怎認真相mā看無，看kah目睭tiam-tiam、疼疼。

石邦尼講：「就準講hiah-nī大空、規个烏mih-mà，我mā m̄驚，為著追求ták-ke真正ê幸福，路途koh khah tiàu遠，咱lóng會做伙行落去。」

「Mh，一定會做伙行落去。啊！Hit tah ê平洋不止á suí，ták-ke lóng聚集tī hia neh！Hia是正港ê天堂。啊，tī hia hit个是阮阿母！」甘派禮ê手hiông-hiông指窗á外遠遠美麗ê平洋huah出聲。

石邦尼mā tuè leh看過去，kan-na看著白茫茫ê雲
霧，根本to無甘派禮講ê情境。Gōng神gōng神看hit-
tah，suah有一種講bē出tshuì ê稀微，對面ê溪岸有兩

支電火柱，親像用雙手攬抱ka-kī手骨按呢，kā紅色ê柴khoo kīng tī胸前。

「甘派禮，咱做伙來！」石邦尼ná講ná越頭看ê時，原本坐--leh ê甘派禮suah看無影，坐位kan-na tshun金滑ê烏絲絨。石邦尼ná像tshìng子kâng款彈起來，為著mài hőng聽著，伊將身軀伸出去窗á外，出力tuî胸坎á大聲huah、大聲吼，四周圍hiông-hiông一phiàn烏暗暗。

石邦尼目睭peh金，原來是siunn thiám倒tī山崙ê草á埔睏去ah。心肝頭燒燒、真ak-tsak，冰冷ê目屎四淋垂。

石邦尼規身人tiô起來。山跤ê庄頭kap進前kâng款燈火光iānn-iānn，m̄-koh，ná像比本底khah燒lō。頭tú才tī夢中行過ê銀河mā已經恢復原狀，射出白茫茫ê光線，南pîng烏khām-khām ê地平線iáu-koh khah茫霧，正手pîng美麗ê天蠍座，紅色ê天星閃閃爍爍，規个天頂ê位置ká-ná無啥物改變。

石邦尼趕緊tsông落去山跤。頭殼內掛念iáu-buē食暗頓ê阿母teh等伊轉去。伊三步做兩步nǹg過松á樹林，來到牧場sèh過圍籬，行對進前ê入口，去到烏sô-sô ê牛tiâu頭前。牛tiâu ká-ná有人tú轉來，一台原本to無看見ê車，載兩跤桶á停tī hia。

「你好！」石邦尼大聲huah。

「來ah。」一个穿白色闊長褲ê人隨出來。

「有啥物代誌？」

「今á日阮ê牛奶無送來。」

「啊，真失禮。」Hit个人隨入去內底kuānn一罐牛奶hōo石邦尼，koh講：「真正足歹勢，今á日過晝一時無注意，牛á-kiánn ê圍籬á開開無關，結果彼隻細隻牛á真活骨就隨走去牛母hia，kā牛奶suh beh規半去喔。」Hit个人ná笑ná講。

「按呢，我提走ah喔！」

「好，真歹勢neh。」

「無要緊啦。」石邦尼雙手kā iáu燒hut-hut ê牛奶矸á mooh--leh，行出牧場ê圍籬。

了後，伊行過一段有樹á ê街á來到大條路，koh行一khùn-á到十字路口，正手pîng路邊ê hit座大橋，規座橋hānn過進前甘派禮in beh去放水燈ê hit條溪，tshāi tī茫茫ê夜空。

十字路口kap店á頭前，有7、8个查某人khiā做伙ná看橋頂ná tshi-tshi tshuh-tshuh m̄知teh講啥。

而且，橋頂百百款ê燈火滿滿是。

石邦尼m̄知按怎suah起畏寒，大聲問附近ê人：「請……請問，是發生啥物代誌？」

「有gín-á puàh落水ah！」有一个人kā應，ták-ke lóng同齊越頭看石邦尼。石邦尼是緊tsông去橋頂。橋頂人that-that-tīnn，根本看bē著水底，穿白衫ê巡邏mā出動ah。石邦尼tsuán uì橋頭邊跳落去下面曠闊ê溪岸。

溪岸邊m̄知有guā tsē pha電火頂頂下下無閒teh 搜tshuē。對岸暗so-so ê駁岸頂mā有7、8pha大pha 電火teh徙振動。水面已經無王瓜燈teh漂流，phú-phú ê溪水中央發出微微á聲音，tiām-tiām-á流過。

上uá溪尾ê所在形成一塊沙埔，人kheh kah tīnn-tsàt-tsàt，ē-tàng真清楚看著一个烏影khiā tī hia。石邦尼緊走過，tú好tñg著kap甘派禮鬥陣來ê馬俞舒（マルソ），伊走過來石邦尼ê面前。

「石邦尼，甘派禮puàh落去水底ah！」

「哪會按呢？Tang時發生--ê？」

「曾阿利uì細隻船頂beh kā王瓜燈sak去水流ê所在，結果，船小khuá-á hián一下，伊tsuán puàh--落

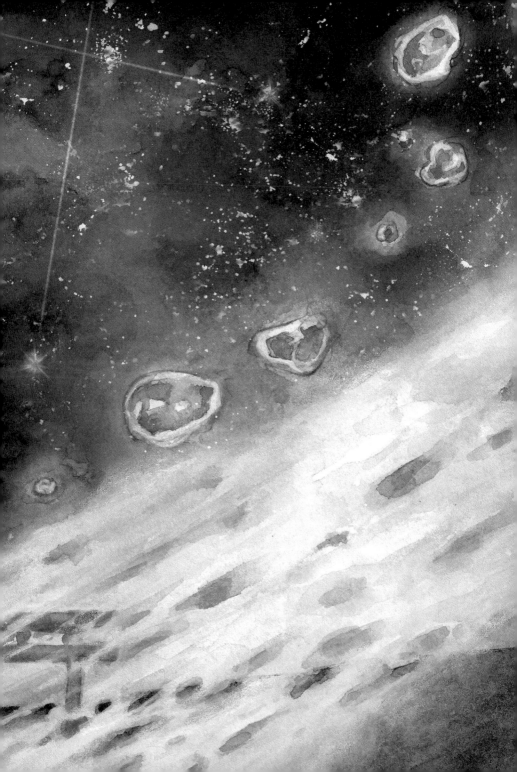

去。甘派禮隨跳落去kā曾阿利sak過來船tsit pîng，哪會知曾阿利giú著草索á，甘派禮suah失蹤去ah！」

「Ta̍k-ke lóng teh tshuē伊，是m̄？」

「Hennh啊，ta̍k-ke lóng隨趕來，甘派禮ê阿爸mā來ah，m̄-koh lóng tshuē無！曾阿利hōng tshuā轉去ah。」

石邦尼行去眾人聚集ê所在。甘派禮in老爸面色白sih-sat，hōo學生á kap庄內ê人圍leh，穿一su烏衫khiā thîng-thîng，目睭掠正手ê手錶á金金看。

Ta̍k-ke直直相水面，無人講話。石邦尼緊張kah雙跤phi̍h-phi̍h-tshuah。足tsē pha掠魚用ê電塗燈來來去去tshenn-kông tshuē，烏色ê溪水不時有小小ê水湧，溢來溢去。

溪尾hit tah，規條溪映出曠闊ê銀河，ná像無半滴水ê天。

石邦尼感覺甘派禮定著去到遙遠ê銀河邊ah。

M̄-koh，ta̍k-ke koh感覺甘派禮無定會uì水湧bok出來，講：「我泅足遠--ê neh！」抑是peh起來tī無人知ê沙埔teh等人來救伊。Hiông-hiông，甘派禮ê老爸真確定講：「無望ah，伊pua̍h落水超過45分鐘ah！」

石邦尼無講無tànn走來博士ê面頭前，伊想beh
講：「我知影甘派禮去tó位，我頭tú-á才kap伊做伙旅
行。」M̄-koh嚨喉管tīnn kah親像hōng that--leh，啥
物話to講bē出來。博士叫是石邦尼是beh來kap伊相借
問--ê，詳細看石邦尼了後，好禮á講：「你是石邦尼
honnh，ing暗多謝你。」

石邦尼bē輸是啞口kâng款，tiām-tiām-tiām，
kan-na直直90度行禮。

「恁阿爸轉來buē？」博士手錶á tēnn ân-ân
teh kā問。

「無啊。」石邦尼輕輕á搖頭。

「這就奇loh。我昨--日收著伊講伊過kah足快
活、足樂暢ê批neh。今á日船應該ài到位ah。可能
是時間有去tshiân著。石邦尼，明á載放學了後kap
ták-ke做伙來阮厝裡tshit-thô。」

博士話ná講、目睭ná掠溪尾hit phiàn銀河金
金相。

石邦尼規个心肝頭jû-tsháng-tsháng，一句話to
講bē出tshuì，伊想beh uì博士面頭前趕緊離開，kā
牛奶提hōo阿母，koh kā伊講阿爸beh轉來ê消息，就
隨uì溪岸邊tsông對街á路hit pîng去。

銀河鉄道の夜

宮沢賢治
原著

第一章

午后の授業

　　「ではみなさんは、そういうふうに川だと云われたり、乳の流れたあとだと云われたりしていたこのぼんやりと白いものがほんとうは何かご承知ですか。」先生は、黒板に吊した大きな黒い星座の図の、上から下へ白くけぶった銀河帯のようなところを指しながら、みんなに問をかけました。

　　カムパネルラが手をあげました。それから四五人手をあげました。ジョバンニも手をあげようとして、急いでそのままやめました。たしかにあれがみんな星だと、いつか雑誌で読んだのでしたが、このごろはジョバンニはまるで毎日教室でもねむく、本を読むひまも読む本もないので、なんだかどんなこともよくわからないという気持ちがするのでした。

　　ところが先生は早くもそれを見附けたのでした。

　　「ジョバンニさん。あなたはわかっているのでしょう。」

　　ジョバンニは勢いよく立ちあがりましたが、立って見るともうはっきりとそれを答えることができないのでした。ザネリが前の席からふりかえって、ジョバンニを見てくすっとわらいました。ジョバンニはもうどぎまぎしてまっ赤になってしまいました。先生がまた云いました。

　　「大きな望遠鏡で銀河をよっく調べると銀河は大体何でしょう。」

　　やっぱり星だとジョバンニは思いましたがこんどもすぐに答えることができませんでした。

　　先生はしばらく困ったようすでしたが、眼をカムパネルラの方へ向けて、「ではカムパネルラさん。」と名指しました。するとあんなに元気に手をあげたカムパネルラが、やはりもじもじ立ち上ったままやはり答えができませんでした。

　　先生は意外なようにしばらくじっとカムパネルラを見ていましたが、急いで「では。よし。」と云いながら、自分で星図を指しました。

　　「このぼんやりと白い銀河を大きないい望遠鏡で見ますと、もうたくさんの小さな星に見えるのです。ジョバンニさんそうでしょう。」

　　　ジョバンニはまっ赤になってうなずきました。けれどもいつかジョバンニの眼のなかには涙がいっぱいになりました。そうだ僕は知っていたのだ、勿論カムパネルラも知っている、それはいつかカムパネルラのお父さんの博士のうちでカムパネルラといっしょに読んだ雑誌のなかにあったのだ。それどこでなくカムパネルラは、その雑誌を読むと、すぐお父さんの書斎から巨きな本をもってきて、ぎんがというところをひろげ、まっ黒な頁いっぱいに白い点々のある美しい写真を二人でいつまでも見たのでした。それをカムパネルラが忘れる筈もなかったのに、すぐに返事をしなかったのは、このごろぼくが、朝にも午后にも仕事がつらく、学校に出てももうみんなともはきはき遊ばず、カムパネルラともあんまり物を云わないようになったので、カムパネルラがそれを知って気の毒がってわざと返事をしなかったのだ、そう考えるとたまらないほど、じぶんもカムパネルラもあわれなような気がするのでした。

　　　先生はまた云いました。

　　　「ですからもしもこの天の川がほんとうに川だと考えるなら、その一つ一つの小さな星はみんなその川のそこの砂や砂利の粒にもあたるわけです。

またこれを巨きな乳の流れと考えるならもっと天の川とよく似ています。つまりその星はみな、乳のなかにまるで細かにうかんでいる脂油の球にもあたるのです。そんなら何がその川の水にあたるかと云いますと、それは真空という光をある速さで伝えるもので、太陽や地球もやっぱりそのなかに浮んでいるのです。つまりは私どもも天の川の水のなかに棲んでいるわけです。そしてその天の川の水のなかから四方を見ると、ちょうど水が深いほど青く見えるように、天の川の底の深く遠いところほど星がたくさん集まって見えしたがって白くぼんやり見えるのです。この模型をごらんなさい。」

　先生は中にたくさん光る砂のつぶの入った大きな両面の凸レンズを指しました。

　「天の川の形はちょうどこんななのです。このいちいちの光るつぶがみんな私どもの太陽と同じようにじぶんで光っている星だと考えます。私どもの太陽がこのほぼ中ごろにあって地球がそのすぐ近くにあるとします。みなさんは夜にこのまん中に立ってこのレンズの中を見まわすとしてごらんなさい。こっちの方はレンズが薄いのでわずかの光る粒即ち星しか見えないのでしょう。こっちやこっちの方はガラスが厚いので、光る粒即ち星がたくさん見えそ

の遠いのはぼうっと白く見えるというこれがつまり今日の銀河の説なのです。そんならこのレンズの大きさがどれ位あるかまたその中のさまざまの星については もう時間ですからこの次の理科の時間にお話します。では今日はその銀河のお祭なのですからみなさんは外へでてよくそらをごらんなさい。ではここまでです。本やノートをおしまいなさい。」

　そして教室中はしばらく机の蓋をあけたりしめたり本を重ねたりする音がいっぱいでしたがまもなくみんなはきちんと立って礼をすると教室を出ました。

第二章
活版所

　ジョバンニが学校の門を出るとき、同じ組の七八人は家へ帰らずカムパネルラをまん中にして校庭の隅の桜の木のところに集まっていました。それはこんやの星祭に青いあかりをこしらえて川へ流す烏瓜を取りに行く相談らしかったのです。

　けれどもジョバンニは手を大きく振ってどしどし学校の門を出て来ました。すると町の家々ではこんやの銀河の祭りにいちいの葉の玉をつるしたりひのきの枝にあかりをつけたりいろいろ仕度をしているのでした。

　家へは帰らずジョバンニが町を三つ曲ってある大きな活版処にはいってすぐ入口の計算台に居ただぶだぶの白いシャツを着た人におじぎをしてジョバンニは靴をぬいで上りますと、突き当りの大きな扉をあけました。中にはまだ昼なのに電燈がついてたくさんの輪転器がばたりばたりとまわり、きれで頭をしばったりランプシェードをかけたりした人たちが、何か歌うように読んだり数えたりしながらたくさん働いて居りました。

　　　ジョバンニはすぐ入口から三番目の高い卓子（テーブル）に座った人の所へ行っておじぎをしました。その人はしばらく棚をさがしてから、

　　　「これだけ拾って行けるかね。」と云いながら、一枚の紙切れを渡しました。ジョバンニはその人の卓子の足もとから一つの小さな平たい函をとりだして向こうの電燈のたくさんついた、たてかけてある壁の隅の所へしゃがみ込むと小さなピンセットでまるで粟粒ぐらいの活字を次から次と拾いはじめました。青い胸あてをした人がジョバンニのうしろを通りながら、

　　　「よう、虫めがね君、お早う。」と云いますと、近くの四五人の人たちが声もたてずこっちも向かずに冷くわらいました。

　　　ジョバンニは何べんも眼を拭いながら活字をだんだんひろいました。

　　　六時がうってしばらくたったころ、ジョバンニは拾った活字をいっぱいに入れた平たい箱をもういちどさっきの卓子の人へ持って来ました。その人は黙ってそれを受け取って微かにうなずきました。

　　　ジョバンニはおじぎをすると扉をあけてさっ

きの計算台のところに来ました。するとさっきの白
服を着た人がやっぱりだまって小さな銀貨を一つジ
ョバンニに渡しました。ジョバンニは俄かに顔いろ
がよくなって威勢よくおじぎをすると台の下に置い
た鞄をもっておもてへ飛びだしました。それから元
気よく口笛を吹きながらパン屋へ寄ってパンの塊を
一つと角砂糖を一袋買いますと一目散に走りだしま
した。

第三章

家

　　ジョバンニが勢いよく帰って来たのは、ある裏町の小さな家でした。その三つならんだ入口の一番左側には空箱に紫いろのケールやアスパラガスが植えてあって小さな二つの窓には日覆いが下りたままになっていました。

　　「お母さん。いま帰ったよ。工合悪くなかったの。」ジョバンニは靴をぬぎながら云いました。

　　「ああ、ジョバンニ、お仕事がひどかったろう。今日は涼しくてね。わたしはずうっと工合がいいよ。」

　　ジョバンニは玄関を上って行きますとジョバンニのお母さんがすぐ入口の室に白い巾を被って寝（やす）んでいたのでした。ジョバンニは窓をあけました。

　　「お母さん。今日は角砂糖を買ってきたよ。牛乳に入れてあげようと思って。」

　　「ああ、お前さきにおあがり。あたしはまだほしくないんだから。」

「お母さん。姉さんはいつ帰ったの。」

「ああ三時ころ帰ったよ。みんなそこらをしてくれてね。」

「お母さんの牛乳は来ていないんだろうか。」

「来なかったろうかねえ。」

「ぼく行ってとって来よう。」

「あああたしはゆっくりでいいんだからお前さきにおあがり、姉さんがね、トマトで何かこしらえてそこへ置いて行ったよ。」

「ではぼくたべよう。」

ジョバンニは窓のところからトマトの皿をとってパンといっしょにしばらくむしゃむしゃたべました。

「ねえお母さん。ぼくお父さんはきっと間もなく帰ってくると思うよ。」

「あああたしもそう思う。けれどもおまえはどうしてそう思うの。」

「だって今朝の新聞に今年は北の方の漁は大へんよかったと書いてあったよ。」

「ああだけどねえ、お父さんは漁へ出ていない
かもしれない。」

「きっと出ているよ。お父さんが監獄へ入るよ
うなそんな悪いことをした筈がないんだ。この前お
父さんが持ってきて学校へ寄贈した巨きな蟹の甲ら
だのとなかいの角だの今だってみんな標本室にある
んだ。六年生なんか授業のとき先生がかわるがわる
教室へ持って行くよ。一昨年修学旅行で〔以下数文
字分空白〕

「お父さんはこの次はおまえにラッコの上着を
もってくるといったねえ。」

「みんながぼくにあうとそれを云うよ。ひやか
すように云うんだ。」

「おまえに悪口を云うの。」

「うん、けれどもカムパネルラなんか決して云
わない。カムパネルラはみんながそんなことを云う
ときは気の毒そうにしているよ。」

「あの人のお父さんとうちのお父さんとは、ち
ょうどおまえたちのように小さいときからのお友達
だったそうだよ。」

　「ああだからお父さんはぼくをつれてカムパネ
ルラのうちへもつれて行ったよ。あのころはよかっ
たなあ。ぼくは学校から帰る途中たびたびカムパネ
ルラのうちに寄った。カムパネルラのうちにはアル
コールランプで走る汽車があったんだ。レールを七
つ組み合わせると円くなってそれに電柱や信号標も
ついていて信号標のあかりは汽車が通るときだけ青
くなるようになっていたんだ。いつかアルコールが
なくなったとき石油をつかったら、缶がすっかり煤
けたよ。」

　「そうかねえ。」

　「いまも毎朝新聞をまわしに行くよ。けれども
いつでも家中まだしぃんとしているからな。」

　「早いからねえ。」

　「ザウエルという犬がいるよ。しっぽがまるで
箒のようだ。ぼくが行くと鼻を鳴らしてついてくる
よ。ずうっと町の角までついてくる。もっとついて
くることもあるよ。今夜はみんなで烏瓜のあかりを
川へながしに行くんだって。きっと犬もついて行く
よ。」

　「そうだ。今晩は銀河のお祭だねえ。」

「うん。ぼく牛乳をとりながら見てくるよ。」

「ああ行っておいで。川へははいらないでね。」

「ああぼく岸から見るだけなんだ。一時間で行ってくるよ。」

「もっと遊んでおいで。カムパネルラさんと一緒なら心配はないから。」

「ああきっと一緒だよ。お母さん、窓をしめて置こうか。」

「ああ、どうか。もう涼しいからね」

ジョバンニは立って窓をしめお皿やパンの袋を片附けると勢いよく靴をはいて

「では一時間半で帰ってくるよ。」と云いながら暗い戸口を出ました。

第四章

ケンタウル祭の夜

　ジョバンニは、口笛を吹いているようなさびしい口付きで、檜のまっ黒にならんだ町の坂を下りて来たのでした。

　坂の下に大きな一つの街燈が、青白く立派に光って立っていました。ジョバンニが、どんどん電燈の方へ下りて行きますと、いままでばけもののように、長くぼんやり、うしろへ引いていたジョバンニの影ぼうしは、だんだん濃く黒くはっきりなって、足をあげたり手を振ったり、ジョバンニの横の方へまわって来るのでした。

　（ぼくは立派な機関車だ。ここは勾配だから速いぞ。ぼくはいまその電燈を通り越す。そうら、こんどはぼくの影法師はコムパスだ。あんなにくるっとまわって、前の方へ来た。）

　とジョバンニが思いながら、大股にその街燈の下を通り過ぎたとき、いきなりひるまのザネリが、新らしいえりの尖ったシャツを着て電燈の向こう側の暗い小路から出て来て、ひらっとジョバンニとす

れちがいました。

　「ザネリ、烏瓜ながしに行くの。」ジョバンニがまだそう云ってしまわないうちに、「ジョバンニ、お父さんから、らっこの上着が来るよ。」その子が投げつけるようにうしろから叫びました。

　ジョバンニは、ばっと胸がつめたくなり、そこら中きぃんと鳴るように思いました。

　「何だい。ザネリ。」とジョバンニは高く叫び返しましたがもうザネリは向こうのひばの植わった家の中へはいっていました。

　「ザネリはどうしてぼくがなんにもしないのにあんなことを云うのだろう。走るときはまるで鼠のようなくせに。ぼくがなんにもしないのにあんなことを云うのはザネリがばかなからだ。」

　ジョバンニは、せわしくいろいろのことを考えながら、さまざまの灯や木の枝で、すっかりきれいに飾られた街を通って行きました。時計屋の店には明るくネオン燈がついて、一秒ごとに石でこさえたふくろうの赤い眼が、くるっくるっとうごいたり、いろいろな宝石が海のような色をした厚い硝子の盤に載って星のようにゆっくり循ったり、また向こう

側から、銅の人馬がゆっくりこっちへまわって来たりするのでした。そのまん中に円い黒い星座早見が青いアスパラガスの葉で飾ってありました。

　ジョバンニはわれを忘れて、その星座の図に見入りました。

　それはひる学校で見たあの図よりはずうっと小さかったのですがその日と時間に合わせて盤をまわすと、そのとき出ているそらがそのまま楕円形のなかにめぐってあらわれるようになって居りやはりそのまん中には上から下へかけて銀河がぼうとけむったような帯になってその下の方ではかすかに爆発して湯気でもあげているように見えるのでした。またそのうしろには三本の脚のついた小さな望遠鏡が黄いろに光って立っていましたし、いちばんうしろの壁には、空じゅうの星座をふしぎな獣や蛇や魚や瓶の形に書いた大きな図がかかっていました。ほんとうにこんなような蝎だの勇士だのそらにぎっしり居るだろうか、ああぼくはその中をどこまでも歩いて見たいと思ってたりしてしばらくぼんやり立って居ました。

　それから俄かにお母さんの牛乳のことを思いだしてジョバンニはその店をはなれました。そし

てきゅうくつな上着の肩を気にしながらそれでもわざと胸を張って大きく手を振って町を通って行きました。

　空気は澄みきって、まるで水のように通りや店の中を流れましたし、街燈はみなまっ青なもみや楢の枝で包まれ、電気会社の前の六本のプラタヌスの木などは、中に沢山の豆電燈がついて、ほんとうにそこらは人魚の都のように見えるのでした。子どもらは、みんな新らしい折のついた着物を着て、星めぐりの口笛を吹いたり、「ケンタウルス、露をふらせ。」と叫んで走ったり、青いマグネシヤの花火を燃したりして、たのしそうに遊んでいるのでした。けれどもジョバンニは、いつかまた深く首を垂れて、そこらのにぎやかさとはまるでちがったことを考えながら、牛乳屋の方へ急ぐのでした。

　ジョバンニは、いつか町はずれのポプラの木が幾本も幾本も、高く星ぞらに浮かんでいるところに来ていました。その牛乳屋の黒い門を入り、牛の匂のするうすくらい台所の前に立って、ジョバンニは帽子をぬいで「今晩は、」と云いましたら、家の中はしいんとして誰も居たようではありませんでした。

　「今晩は、ごめんなさい。」ジョバンニはまっ

すぐに立ってまた叫びました。するとしばらくたって
から、年老った女の人が、どこか工合が悪いようにそ
ろそろと出て来て何か用かと口の中で云いました。

　「あの、今日、牛乳が僕んとこへ来なかったの
で、貰いにあがったんです。」ジョバンニが一生け
ん命勢いよく云いました。

　「いま誰もいないでわかりません。あしたにし
て下さい。」

　その人は、赤い眼の下のとこを擦りながら、ジ
ョバンニを見おろして云いました。

　「おっかさんが病気なんですから今晩でないと
困るんです。」

　「ではもう少したってから来てください。」そ
の人はもう行ってしまいそうでした。

　「そうですか。ではありがとう。」ジョバンニ
は、お辞儀をして台所から出ました。

　十字になった町のかどを、まがろうとしました
ら、向こうの橋へ行く方の雑貨店の前で、黒い影や
ぼんやり白いシャツが入り乱れて、六七人の生徒ら
が、口笛を吹いたり笑ったりして、めいめい烏瓜の

燈火を持ってやって来るのを見ました。その笑い声も口笛も、みんな聞きおぼえのあるものでした。ジョバンニの同級の子供らだったのです。ジョバンニは思わずどきっとして戻ろうとしましたが、思い直して、一そう勢いよくそっちへ歩いて行きました。

「川へ行くの。」ジョバンニが云おうとして、少しのどがつまったように思ったとき、

「ジョバンニ、らっこの上着が来るよ。」さっきのザネリがまた叫びました。

「ジョバンニ、らっこの上着が来るよ。」すぐみんなが、続いて叫びました。ジョバンニはまっ赤になって、もう歩いているかもわからず、急いで行きすぎようとしましたら、そのなかにカムパネルラが居たのです。カムパネルラは気の毒そうに、だまって少しわらって、怒らないだろうかというようにジョバンニの方を見ていました。

ジョバンニは、遁げるようにその眼を避け、そしてカムパネルラのせいの高いかたちが過ぎて行って間もなく、みんなはてんでに口笛を吹きました。町かどを曲るとき、ふりかえって見ましたら、ザネリがやはりふりかえって見ていました。そしてカムパネルラもまた、高く口笛を吹いて向こうにぼんや

り見えている橋の方へ歩いて行ってしまったのでした。ジョバンニは、なんとも云えずさびしくなって、いきなり走り出しました。すると耳に手をあてて、わああと云いながら片足でぴょんぴょん跳んでいた小さな子供らは、ジョバンニが面白くてかけるのだと思ってわあいと叫びました。まもなくジョバンニは黒い丘の方へ急ぎました。

第五章

天気輪の柱

　牧場のうしろはゆるい丘になって、その黒い平らな頂上は、北の大熊星の下に、ぼんやりふだんよりも低く連なって見えました。

　ジョバンニは、もう露の降りかかった小さな林のこみちを、どんどんのぼって行きました。まっくらな草や、いろいろな形に見えるやぶのしげみの間を、その小さなみちが、一すじ白く星あかりに照らしだされてあったのです。草の中には、ぴかぴか青びかりを出す小さな虫もいて、ある葉は青くすかし出され、ジョバンニは、さっきみんなの持って行った烏瓜のあかりのようだとも思いました。

　そのまっ黒な、松や楢（なら）の林を越えると、俄かにがらんと空がひらけて、天の川がしらしらと南から北へ亙っているのが見え、また頂の、天気輪の柱も見わけられたのでした。つりがねそうか野ぎくかの花が、そこらいちめんに、夢の中からでも薫りだしたというように咲き、鳥が一疋、丘の上を鳴き続けながら通って行きました。

　ジョバンニは、頂の天気輪の柱の下に来て、ど
かどかするからだを、つめたい草に投げました。

　町の灯は、暗の中をまるで海の底のお宮のけし
きのようにともり、子供らの歌う声や口笛、きれぎ
れの叫び声もかすかに聞こえて来るのでした。風が
遠くで鳴り、丘の草もしずかにそよぎ、ジョバンニ
の汗でぬれたシャツもつめたく冷されました。ジョ
バンニは町のはずれから遠く黒くひろがった野原を
見わたしました。

　そこから汽車の音が聞えてきました。その小さ
な列車の窓は一列小さく赤く見え、その中にはたく
さんの旅人が、苹果を剥いたり、わらったり、いろ
いろな風にしていると考えますと、ジョバンニは、
もう何とも云えずかなしくなって、また眼をそらに
挙げました。

　あああの白いそらの帯がみんな星だというぞ。

　ところがいくら見ていても、そのそらはひる先
生の云ったような、がらんとした冷たいとこだとは
思われませんでした。それどころでなく、見れば見
るほど、そこは小さな林や牧場やらある野原のよう
に考えられて仕方なかったのです。そしてジョバン
ニは青い琴の星が、三つにも四つにもなって、ちら

ちら瞬き、脚が何べんも出たり引っ込んだりして、とうとう蕈（きのこ）のように長く延びるのを見ました。またすぐ眼の下のまちまでがやっぱりぼんやりしたたくさんの星の集まりか一つの大きなけむりかのように見えるように思いました。

第六章

銀河ステーション

　そしてジョバンニはすぐうしろの天気輪の柱が
いつかぼんやりした三角標の形になって、しばらく
蛍のように、ぺかぺか消えたりともったりしている
のを見ました。それはだんだんはっきりして、とう
とうりんとうごかないようになり、濃い鋼青のそら
の野原にたちました。いま新らしく灼いたばかりの
青い鋼の板のような、そらの野原に、まっすぐにす
きっと立ったのです。

　するとどこかで、ふしぎな声が、銀河ステー
ション、銀河ステーションと云う声がしたと思うと
いきなり眼の前が、ぱっと明るくなって、まるで億
万の蛍烏賊の火を一ぺんに化石させて、そら中に沈
めたという工合、またダイアモンド会社で、ねだん
がやすくならないために、わざと穫れないふりをし
て、かくして置いた金剛石を、誰かがいきなりひっ
くりかえして、ばら撒いたという風に、眼の前がさ
あっと明るくなって、ジョバンニは、思わず何べん
も眼を擦ってしまいました。

　気がついてみると、さっきから、ごとごとごと

ごと、ジョバンニの乗っている小さな列車が走りつづけていたのでした。ほんとうにジョバンニは、夜の軽便鉄道の、小さな黄いろの電燈のならんだ車室に、窓から外を見ながら座っていたのです。車室の中は、青い天蚕絨（びろうど）を張った腰掛けが、まるでがら明きで、向こうの鼠いろのワニスを塗った壁には、真鍮の大きなぼたんが二つ光っているのでした。

　すぐ前の席に、ぬれたようにまっ黒な上着を着た、せいの高い子供が、窓から頭を出して外を見ているのに気が付きました。そしてそのこどもの肩のあたりが、どうも見たことのあるような気がして、そう思うと、もうどうしても誰だかわかりたくて、たまらなくなりました。いきなりこっちも窓から顔を出そうとしたとき、俄かにその子供が頭を引っ込めて、こっちを見ました。

　それはカムパネルラだったのです。

　ジョバンニが、カムパネルラ、きみは前からここに居たのと云おうと思ったとき、カムパネルラが「みんなはねずいぶん走ったけれども遅れてしまったよ。ザネリもね、ずいぶん走ったけれども追いつかなかった。」と云いました。

　ジョバンニは、（そうだ、ぼくたちはいま、いっしょにさそって出掛けたのだ。）とおもいながら、「どこかで待っていようか。」と云いました。するとカムパネルラは「ザネリはもう帰ったよ。お父さんが迎いにきたんだ。」

　カムパネルラは、なぜかそう云いながら、少し顔いろが青ざめて、どこか苦しいというふうでした。するとジョバンニも、なんだかどこかに、何か忘れたものがあるというような、おかしな気持ちがしてだまってしまいました。

　ところがカムパネルラは、窓から外をのぞきながら、もうすっかり元気が直って、勢よく云いました。

　「ああしまった。ぼく、水筒を忘れてきた。スケッチ帳も忘れてきた。けれど構わない。もうじき白鳥の停車場だから。ぼく、白鳥を見るなら、ほんとうにすきだ。川の遠くを飛んでいたって、ぼくはきっと見える。」そして、カムパネルラは、円い板のようになった地図を、しきりにぐるぐるまわして見ていました。まったくその中に、白くあらわされた天の川の左の岸に沿って一条の鉄道線路が、南へ南へとたどって行くのでした。そしてその地図の立

派なことは、夜のようにまっ黒な盤の上に、一一の停車場や三角標、泉水や森が、青や橙や緑や、うつくしい光でちりばめられてありました。ジョバンニはなんだかその地図をどこかで見たようにおもいました。

「この地図はどこで買ったの。黒曜石でできてるねえ。」

ジョバンニが云いました。

「銀河ステーションで、もらったんだ。君もらわなかったの。」

「ああ、ぼく銀河ステーションを通ったろうか。いまぼくたちの居るとこ、ここだろう。」

ジョバンニは、白鳥と書いてある停車場のしるしの、すぐ北を指しました。

「そうだ。おや、あの河原は月夜だろうか。」

そっちを見ますと、青白く光る銀河の岸に、銀いろの空のすすきが、もうまるでいちめん、風にさらさらさらさら、ゆられてうごいて、波を立てているのでした。

「月夜でないよ。銀河だから光るんだよ。」ジ

ョバンニは云いながら、まるではね上りたいくらい愉快になって、足をこつこつ鳴らし、窓から顔を出して、高く高く星めぐりの口笛を吹きながら一生けん命延びあがって、その天の川の水を、見きわめようとしましたが、はじめはどうしてもそれが、はっきりしませんでした。けれどもだんだん気をつけて見ると、そのきれいな水は、ガラスよりも水素よりもすきとおって、ときどき眼の加減か、ちらちら紫いろのこまかな波をたてたり、虹のようにぎらっと光ったりしながら、声もなくどんどん流れて行き、野原にはあっちにもこっちにも、燐光の三角標が、うつくしく立っていたのです。遠いものは小さく、近いものは大きく、遠いものは橙や黄いろではっきりし、近いものは青白く少しかすんで、或いは三角形、或いは四辺形、あるいは電や鎖の形、さまざまにならんで、野原いっぱい光っているのでした。ジョバンニは、まるでどきどきして、頭をやけに振りました。するとほんとうに、そのきれいな野原中の青や橙や、いろいろかがやく三角標も、てんでに息をつくように、ちらちらゆれたり顫えたりしました。

　「ぼくはもう、すっかり天の野原に来た。」ジョバンニは云いました。

　「それにこの汽車石炭をたいていないねえ。」
ジョバンニが左手をつき出して窓から前の方を見な
がら云いました。

　「アルコールか電気だろう。」カムパネルラが
云いました。

　ごとごとごとごと、その小さなきれいな汽車
は、そらのすすきの風にひるがえる中を、天の川の
水や、三角点の青じろい微光の中を、どこまでもど
こまでもと、走って行くのでした。

　「ああ、りんどうの花が咲いている。もうすっ
かり秋だねえ。」カムパネルラが、窓の外を指さし
て云いました。

　線路のへりになったみじかい芝草の中に、月長
石ででも刻まれたような、すばらしい紫のりんどう
の花が咲いていました。

　「ぼく、飛び下りて、あいつをとって、また飛
び乗ってみせようか。」ジョバンニは胸を躍らせて
云いました。

　「もうだめだ。あんなにうしろへ行ってしまっ
たから。」

　　カムパネルラが、そう云ってしまうかしまわな
いうち、次のりんどうの花が、いっぱいに光って過
ぎて行きました。

　　と思ったら、もう次から次から、たくさんのき
いろな底をもったりんどうの花のコップが、湧くよ
うに、雨のように、眼の前を通り、三角標の列は、
けむるように燃えるように、いよいよ光って立った
のです。

第七章

北十字とプリオシン海岸

「おっかさんは、ぼくをゆるして下さるだろうか。」

いきなり、カムパネルラが、思い切ったというように、少しどもりながら、急きこんで云いました。

ジョバンニは、（ああ、そうだ、ぼくのおっかさんは、あの遠い一つのちりのように見える橙いろの三角標のあたりにいらっしゃって、いまぼくのことを考えているんだった。）と思いながら、ぼんやりしてだまっていました。

「ぼくはおっかさんが、ほんとうに幸になるなら、どんなことでもする。けれども、いったいどんなことが、おっかさんのいちばんの幸なんだろう。」カムパネルラは、なんだか、泣きだしたいのを、一生けん命こらえているようでした。

「きみのおっかさんは、なんにもひどいことないじゃないの。」ジョバンニはびっくりして叫びました。

「ぼくわからない。けれども、誰だって、ほんとうにいいことをしたら、いちばん幸なんだねえ。だから、おっかさんは、ぼくをゆるして下さると思う。」カムパネルラは、なにかほんとうに決心しているように見えました。

俄かに、車のなかが、ぱっと白く明るくなりました。見ると、もうじつに、金剛石や草の露やあらゆる立派さをあつめたような、きらびやかな銀河の河床の上を水は声もなくかたちもなく流れ、その流れのまん中に、ぼうっと青白く後光の射した一つの島が見えるのでした。その島の平らないただきに、立派な眼もさめるような、白い十字架がたって、それはもう凍った北極の雲で鋳たといったらいいか、すきっとした金いろの円光をいただいて、しずかに永久に立っているのでした。

「ハルレヤ、ハルレヤ。」前からもうしろからも声が起りました。ふりかえって見ると、車室の中の旅人たちは、みなまっすぐにきもののひだを垂れ、黒いバイブルを胸にあてたり、水晶の珠数をかけたり、どの人もつつましく指を組み合せて、そっちに祈っているのでした。思わず二人もまっすぐに立ちあがりました。カムパネルラの頬は、まるで熟した苹果のあかしのようにうつくしくかがやいて見

えました。

　そして島と十字架とは、だんだんうしろの方へうつって行きました。

　向こう岸も、青じろくぽうっと光ってけむり、時々、やっぱりすすきが風にひるがえるらしく、さっとその銀いろがけむって、息でもかけたように見え、また、たくさんのりんどうの花が、草をかくれたり出たりするのは、やさしい狐火のように思われました。

　それもほんのちょっとの間、川と汽車との間は、すすきの列でさえぎられ、白鳥の島は、二度ばかり、うしろの方に見えましたが、じきもうずうっと遠く小さく、絵のようになってしまい、またすすきがざわざわ鳴って、とうとうすっかり見えなくなってしまいました。ジョバンニのうしろには、いつから乗っていたのか、せいの高い、黒いかつぎをしたカトリック風の尼さんが、まん円な緑の瞳を、じっとまっすぐに落して、まだ何かことばか声かが、そっちから伝わって来るのを、虔んで聞いているというように見えました。旅人たちはしずかに席に戻り、二人も胸いっぱいのかなしみに似た新らしい気持ちを、何気なくちがった語で、そっと談し合ったのです。

「もうじき白鳥の停車場だねえ。」

「ああ、十一時かっきりには着くんだよ。」

　早くも、シグナルの緑の燈と、ぼんやり白い柱とが、ちらっと窓のそとを過ぎ、それから硫黄のほのおのようなくらいぼんやりした転てつ機の前のあかりが窓の下を通り、汽車はだんだんゆるやかになって、間もなくプラットホームの一列の電燈が、うつくしく規則正しくあらわれ、それがだんだん大きくなってひろがって、二人は丁度白鳥停車場の、大きな時計の前に来てとまりました。

　さわやかな秋の時計の盤面には、青く灼かれたはがねの二本の針が、くっきり十一時を指しました。みんなは、一ぺんに下りて、車室の中はがらんとなってしまいました。

　〔二十分停車〕と時計の下に書いてありました。

　「ぼくたちも降りて見ようか。」ジョバンニが云いました。

　「降りよう。」

　二人は一度にはねあがってドアを飛び出して改札口へかけて行きました。ところが改札口には、明

るい紫がかった電燈が、一つ点いているばかり、誰も居ませんでした。そこら中を見ても、駅長や赤帽らしい人の、影もなかったのです。

　二人は、停車場の前の、水晶細工のように見える銀杏の木に囲まれた、小さな広場に出ました。そこから幅の広いみちが、まっすぐに銀河の青光の中へ通っていました。

　さきに降りた人たちは、もうどこへ行ったか一人も見えませんでした。二人がその白い道を、肩をならべて行きますと、二人の影は、ちょうど四方に窓のある室の中の、二本の柱の影のように、また二つの車輪の輻のように幾本も幾本も四方へ出るのでした。そして間もなく、あの汽車から見えたきれいな河原に来ました。

　カムパネルラは、そのきれいな砂を一つまみ、掌にひろげ、指できしきしさせながら、夢のように云っているのでした。

　「この砂はみんな水晶だ。中で小さな火が燃えている。」

　「そうだ。」どこでぼくは、そんなこと習ったろうと思いながら、ジョバンニもぼんやり答えていました。

　　河原の礫は、みんなすきとおって、たしかに水晶や黄玉や、またくしゃくしゃの皺曲をあらわしたのや、また稜から霧のような青白い光を出す鋼玉やらでした。ジョバンニは、走ってその渚に行って、水に手をひたしました。けれどもあやしいその銀河の水は、水素よりももっとすきとおっていたのです。それでもたしかに流れていたことは、二人の手首の、水にひたったとこが、少し水銀いろに浮いたように見え、その手首にぶっつかってできた波は、うつくしい燐光をあげて、ちらちらと燃えるように見えたのでもわかりました。

　　川上の方を見ると、すすきのいっぱいに生えている崖の下に、白い岩が、まるで運動場のように平らに川に沿って出ているのでした。そこに小さな五六人の人かげが、何か掘り出すか埋めるかしているらしく、立ったり屈んだり、時々なにかの道具が、ピカッと光ったりしました。

　　「行ってみよう。」二人は、まるで一度に叫んで、そっちの方へ走りました。その白い岩になった処の入口に、〔プリオシン海岸〕という、瀬戸物のつるつるした標札が立って、向こうの渚には、ところどころ、細い鉄の欄干も植えられ、木製のきれいなベンチも置いてありました。

　「おや、変なものがあるよ。」カムパネルラ
が、不思議そうに立ちどまって、岩から黒い細長
いさきの尖ったくるみの実のようなものをひろい
ました。

　「くるみの実だよ。そら、沢山ある。流れて来
たんじゃない。岩の中に入ってるんだ。」

　「大きいね、このくるみ、倍あるね。こいつは
すこしもいたんでない。」

　「早くあすこへ行って見よう。きっと何か掘っ
てるから。」

　二人は、ぎざぎざの黒いくるみの実を持ちなが
ら、またさっきの方へ近よって行きました。左手の
渚には、波がやさしい稲妻のように燃えて寄せ、右
手の崖には、いちめん銀や貝殻でこさえたようなす
すきの穂がゆれたのです。

　だんだん近付いて見ると、一人のせいの高い、
ひどい近眼鏡をかけ、長靴をはいた学者らしい人
が、手帳に何かせわしそうに書きつけながら、鶴嘴
をふりあげたり、スコープをつかったりしている、
三人の助手らしい人たちに夢中でいろいろ指図をし
ていました。

　「そこのその突起を壊さないように。スコープを使いたまえ、スコープを。おっと、も少し遠くから掘って。いけない、いけない。なぜそんな乱暴をするんだ。」

　見ると、その白い柔らかな岩の中から、大きな大きな青じろい獣の骨が、横に倒れて潰れたという風になって、半分以上掘り出されていました。そして気をつけて見ると、そこらには、蹄の二つある足跡のついた岩が、四角に十ばかり、きれいに切り取られて番号がつけられてありました。

　「君たちは参観かね。」その大学士らしい人が、眼鏡をきらっとさせて、こっちを見て話しかけました。

　「くるみが沢山あったろう。それはまあ、ざっと百二十万年ぐらい前のくるみだよ。ごく新らしい方さ。ここは百二十万年前、第三紀のあとのころは海岸でね、この下からは貝がらも出る。いま川の流れているとこに、そっくり塩水が寄せたり引いたりもしていたのだ。このけものかね、これはボスといってね、おいおい、そこつるはしはよしたまえ。ていねいに鑿でやってくれたまえ。ボスといってね、いまの牛の先祖で、昔はたくさん居たさ。」

「標本にするんですか。」

「いや、証明するに要るんだ。ぼくらからみると、ここは厚い立派な地層で、百二十万年ぐらい前にできたという証拠もいろいろあがるけれども、ぼくらとちがったやつからみてもやっぱりこんな地層に見えるかどうか、あるいは風か水やがらんとした空かに見えやしないかということなのだ。わかったかい。けれども、おいおい。そこもスコープではいけない。そのすぐ下に肋骨が埋もれてる筈じゃないか。」大学士はあわてて走って行きました。

「もう時間だよ。行こう。」カムパネルラが地図と腕時計とをくらべながら云いました。

「ああ、ではわたくしどもは失礼いたします。」ジョバンニは、ていねいに大学士におじぎしました。

「そうですか。いや、さよなら。」大学士は、また忙がしそうに、あちこち歩きまわって監督をはじめました。

二人は、その白い岩の上を、一生けん命汽車におくれないように走りました。そしてほんとうに、風のように走れたのです。息も切れず膝もあつくなりませんでした。

　こんなにしてかけるなら、もう世界中だってか
けれると、ジョバンニは思いました。

　そして二人は、前のあの河原を通り、改札口の
電燈がだんだん大きくなって、間もなく二人は、も
との車室の席に座って、いま行って来た方を、窓か
ら見ていました。

第八章

鳥を捕る人

「ここへかけてもようございますか。」

がさがさした、けれども親切そうな、大人の声が、二人のうしろで聞こえました。

それは、茶いろの少しぼろぼろの外套を着て、白い巾でつつんだ荷物を、二つに分けて肩に掛けた、赤髯のせなかのかがんだ人でした。

「ええ、いいんです。」ジョバンニは、少し肩をすぼめて挨拶しました。その人は、ひげの中でかすかに微笑いながら、荷物をゆっくり網棚にのせました。ジョバンニは、なにか大へんさびしいようなかなしいような気がして、だまって正面の時計を見ていましたら、ずうっと前の方で、硝子の笛のようなものが鳴りました。汽車はもう、しずかにうごいていたのです。カムパネルラは、車室の天井を、あちこち見ていました。その一つのあかりに黒い甲虫がとまってその影が大きく天井にうつっていたのです。赤ひげの人は、なにかなつかしそうにわらいながら、ジョバンニやカムパネルラのようすを見てい

ました。汽車はもうだんだん早くなって、すすきと川と、かわるがわる窓の外から光りました。

　赤ひげの人が、少しおずおずしながら、二人に訊きました。

　「あなた方は、どちらへいらっしゃるんですか。」

　「どこまでも行くんです。」ジョバンニは、少しきまり悪そうに答えました。

　「それはいいね。この汽車は、じっさい、どこまででも行きますぜ。」

　「あなたはどこへ行くんです。」カムパネルラが、いきなり、喧嘩のようにたずねましたので、ジョバンニは、思わずわらいました。すると、向こうの席に居た、尖った帽子をかぶり、大きな鍵を腰に下げた人も、ちらっとこっちを見てわらいましたので、カムパネルラも、つい顔を赤くして笑いだしてしまいました。ところがその人は別に怒ったでもなく、頬をぴくぴくしながら返事しました。

　「わっしはすぐそこで降ります。わっしは、鳥をつかまえる商売でね。」

「何鳥ですか。」

「鶴や雁です。さぎも白鳥もです。」

「鶴はたくさんいますか。」

「居ますとも、さっきから鳴いてまさあ。聞かなかったのですか。」

「いいえ。」

「いまでも聞こえるじゃありませんか。そら、耳をすまして聴いてごらんなさい。」

　二人は眼を挙げ、耳をすましました。ごとごと鳴る汽車のひびきと、すすきの風との間から、ころんころんと水の湧くような音が聞こえて来るのでした。

「鶴、どうしてとるんですか。」

「鶴ですか、それとも鷺ですか。」

「鷺です。」ジョバンニは、どっちでもいいと思いながら答えました。

「そいつはな、雑作ない。さぎというものは、みんな天の川の砂が凝って、ぼおっとできるもんですからね、そして始終川へ帰りますからね、川原で

待っていて、鷺がみんな、脚をこういう風にして下りてくるとこを、そいつが地べたへつくかつかないうちに、ぴたっと押さえちまうんです。するともう鷺は、かたまって安心して死んじまいます。あとはもう、わかり切ってまさあ。押し葉にするだけです。」

「鷺を押し葉にするんですか。標本ですか。」

「標本じゃありません。みんなたべるじゃありませんか。」

「おかしいねえ。」カムパネルラが首をかしげました。

「おかしいも不審もありませんや。そら。」その男は立って、網棚から包みをおろして、手ばやくくるくると解きました。

「さあ、ごらんなさい。いまとって来たばかりです。」

「ほんとうに鷺だねえ。」二人は思わず叫びました。まっ白な、あのさっきの北の十字架のように光る鷺のからだが、十ばかり、少しひらべったくなって、黒い脚をちぢめて、浮彫のようにならんでいたのです。

「眼をつぶってるね。」カムパネルラは、指でそっと、鷺の三日月がたの白い瞑った眼にさわりました。頭の上の槍のような白い毛もちゃんとついていました。

「ね、そうでしょう。」鳥捕りは風呂敷を重ねて、またくるくると包んで紐でくくりました。誰がいったいここらで鷺なんぞ喰べるだろうとジョバンニは思いながら訊きました。

「鷺はおいしいんですか。」

「ええ、毎日注文があります。しかし雁の方が、もっと売れます。雁の方がずっと柄がいいし、第一手数がありませんからな。そら。」鳥捕りは、また別の方の包みを解きました。すると黄と青じろとまだらになって、なにかのあかりのようにひかる雁が、ちょうどさっきの鷺のように、くちばしを揃えて、少し扁べったくなって、ならんでいました。

「こっちはすぐ喰べられます。どうです、少しおあがりなさい。」鳥捕りは、黄いろな雁の足を、軽くひっぱりました。するとそれは、チョコレートででもできているように、すっときれいにはなれました。

　「どうです。すこしたべてごらんなさい。」鳥
捕りは、それを二つにちぎってわたしました。ジョ
バンニは、ちょっと喰べてみて、（なんだ、やっぱ
りこいつはお菓子だ。チョコレートよりも、もっと
おいしいけれども、こんな雁が飛んでいるもんか。
この男は、どこかそこらの野原の菓子屋だ。けれど
もぼくは、このひとをばかにしながら、この人の
お菓子をたべているのは、大へん気の毒だ。）と
おもいながら、やっぱりぽくぽくそれをたべてい
ました。

　「も少しおあがりなさい。」鳥捕りがまた包み
を出しました。ジョバンニは、もっとたべたかった
のですけれども、

　「ええ、ありがとう。」と云って遠慮しました
ら、鳥捕りは、こんどは向こうの席の、鍵をもった
人に出しました。

　「いや、商売ものを貰っちゃすみませんな。」
その人は、帽子をとりました。

　「いいえ、どういたしまして。どうです、今年
の渡り鳥の景気は。」

　「いや、すてきなもんですよ。一昨日の第二

限ころなんか、なぜ燈台の灯を、規則以外に間〔一字分空白〕させるかって、あっちからもこっちからも、電話で故障が来ましたが、なあに、こっちがやるんじゃなくて、渡り鳥どもが、まっ黒にかたまって、あかしの前を通るのですから仕方ありませんや。わたしゃ、べらぼうめ、そんな苦情は、おれのとこへ持って来たって仕方がねえや、ばさばさのマントを着て脚と口との途方もなく細い大将へやれって、斯う云ってやりましたがね、はっは。」

　すすきがなくなったために、向こうの野原から、ぱっとあかりが射して来ました。

　「鷺の方はなぜ手数なんですか。」カムパネラは、さっきから、訊こうと思っていたのです。

　「それはね、鷺を喰べるには、」鳥捕りは、こっちに向き直りました。

　「天の川の水あかりに、十日もつるして置くかね、そうでなきゃ、砂に三四日うずめなきゃいけないんだ。そうすると、水銀がみんな蒸発して、喰べられるようになるよ。」

　「こいつは鳥じゃない。ただのお菓子でしょう。」やっぱりおなじことを考えていたとみえて、

カムパネルラが、思い切ったというように、尋ねました。鳥捕りは、何か大へんあわてた風で、「そうそう、ここで降りなきゃ。」と云いながら、立って荷物をとったと思うと、もう見えなくなっていました。

「どこへ行ったんだろう。」

二人は顔を見合せましたら、燈台守は、にやにや笑って、少し伸びあがるようにしながら、二人の横の窓の外をのぞきました。二人もそっちを見ましたら、たったいまの鳥捕りが、黄いろと青じろの、うつくしい燐光を出す、いちめんのかわらはこぐさの上に立って、まじめな顔をして両手をひろげて、じっとそらを見ていたのです。

「あすこへ行ってる。ずいぶん奇体だねえ。きっとまた鳥をつかまえるとこだねえ。汽車が走って行かないうちに、早く鳥がおりるといいな。」と云った途端、がらんとした桔梗いろの空から、さっき見たような鷺が、まるで雪の降るように、ぎゃあぎゃあ叫びながら、いっぱいに舞いおりて来ました。するとあの鳥捕りは、すっかり注文通りだというようにほくほくして、両足をかっきり六十度に開いて立って、鷺のちぢめて降りて来る黒い脚を両手で片っ端から押え

て、布の袋の中に入れるのでした。すると鷺は、蛍の
ように、袋の中でしばらく、青くぺかぺか光ったり消
えたりしていましたが、おしまいとうとう、みんなぼ
んやり白くなって、眼をつぶるのでした。ところが、
つかまえられる鳥よりは、つかまえられないで無事に
天の川の砂の上に降りるものの方が多かったのです。
それは見ていると、足が砂へつくや否や、まるで雪の
融けるように、縮まって扁べったくなって、間もなく
熔鉱炉から出た銅の汁のように、砂や砂利の上にひろ
がり、しばらくは鳥の形が、砂についているのでした
が、それも二三度明るくなったり暗くなったりしてい
るうちに、もうすっかりまわりと同じいろになってし
まうのでした。

　鳥捕りは二十疋ばかり、袋に入れてしまうと、
急に両手をあげて、兵隊が鉄砲弾にあたって、死ぬ
ときのような形をしました。と思ったら、もうそこ
に鳥捕りの形はなくなって、却って、

　「ああせいせいした。どうもからだに恰度合う
ほど稼いでいるくらい、いいことはありませんな。」
というききおぼえのある声が、ジョバンニの隣りにし
ました。見ると鳥捕りは、もうそこでとって来た鷺
を、きちんとそろえて、一つずつ重ね直しているので
した。

　「どうしてあすこから、いっぺんにここへ来たんですか。」ジョバンニが、なんだかあたりまえのような、あたりまえでないような、おかしな気がして問いました。

　「どうしてって、来ようとしたから来たんです。ぜんたいあなた方は、どちらからおいでですか。」

　ジョバンニは、すぐ返事しようと思いましたけれども、さあ、ぜんたいどこから来たのか、もうどうしても考えつきませんでした。カムパネルラも、頬をまっ赤にして何か思い出そうとしているのでした。

　「ああ、遠くからですね。」鳥捕りは、わかったというように雑作なくうなずきました。

第九章

ジョバンニの切符

「もうここらは白鳥区のおしまいです。ごらんなさい。あれが名高いアルビレオの観測所です。」

　窓の外の、まるで花火でいっぱいのような、あまの川のまん中に、黒い大きな建物が四棟ばかり立って、その一つの平屋根の上に、眼もさめるような、青宝玉と黄玉の大きな二つのすきとおった球が、輪になってしずかにくるくるとまわっていました。黄いろのがだんだん向こうへまわって行って、青い小さいのがこっちへ進んで来、間もなく二つのはじは、重なり合って、きれいな緑いろの両面凸レンズのかたちをつくり、それもだんだん、まん中がふくらみ出して、とうとう青いのは、すっかりトパースの正面に来ましたので、緑の中心と黄いろな明るい環とができました。それがまただんだん横へ外れて、前のレンズの形を逆に繰り返し、とうとうすっとはなれて、サファイアは向こうへめぐり、黄いろのはこっちへ進み、また丁度さっきのような風になりました。銀河の、かたちもなく音もない水にかこまれて、ほんとうにその黒い測候所が、睡っているように、しずかによこたわったのです。

「あれは、水の速さをはかる器械です。水も……。」鳥捕りが云いかけたとき、

「切符を拝見いたします。」三人の席の横に、赤い帽子をかぶったせいの高い車掌が、いつかまっすぐに立っていて云いました。鳥捕りは、だまってかくしから、小さな紙きれを出しました。車掌はちょっと見て、すぐ眼をそらして、（あなた方のは？）というように、指をうごかしながら、手をジョバンニたちの方へ出しました。

「さあ、」ジョバンニは困って、もじもじしていましたら、カムパネルラは、わけもないという風で、小さな鼠いろの切符を出しました。ジョバンニは、すっかりあわててしまって、もしか上着のポケットにでも、入っていたかとおもいながら、手を入れて見ましたら、何か大きな畳んだ紙きれにあたりました。こんなもの入っていたろうかと思って、急いで出してみましたら、それは四つに折ったはがきぐらいの大きさの緑いろの紙でした。車掌が手を出しているもんですから何でも構わない、やっちまえと思って渡しましたら、車掌はまっすぐに立ち直って丁寧にそれを開いて見ていました。そして読みながら上着のぼたんやなんかしきりに直したりしていましたし燈台看守も下からそれを熱心にのぞいてい

ましたから、ジョバンニはたしかにあれは証明書か何かだったと考えて少し胸が熱くなるような気がしました。

「これは三次空間の方からお持ちになったのですか。」車掌がたずねました。

「何だかわかりません。」もう大丈夫だと安心しながらジョバンニはそっちを見あげてくつくつ笑いました。

「よろしうございます。南十字へ着きますのは、次の第三時ころになります。」車掌は紙をジョバンニに渡して向こうへ行きました。

カムパネルラは、その紙切れが何だったか待ち兼ねたというように急いでのぞきこみました。ジョバンニも全く早く見たかったのです。ところがそれはいちめん黒い唐草のような模様の中に、おかしな十ばかりの字を印刷したものでだまって見ていると何だかその中へ吸い込まれてしまうような気がするのでした。すると鳥捕りが横からちらっとそれを見てあわてたように云いました。

「おや、こいつは大したもんですぜ。こいつはもう、ほんとうの天上へさえ行ける切符だ。天上どこじゃない、どこでも勝手にあるける通行券です。

こいつをお持ちになりゃ、なるほど、こんな不完全な幻想第四次の銀河鉄道なんか、どこまででも行ける筈でさあ、あなた方大したもんですね。」

「何だかわかりません。」ジョバンニが赤くなって答えながらそれを又畳んでかくしに入れました。そしてきまりが悪いのでカムパネルラと二人、また窓の外をながめていましたが、その鳥捕りの時々大したもんだというようにちらちらこっちを見ているのがぼんやりわかりました。

「もうじき鷲の停車場だよ。」カムパネルラが向こう岸の、三つならんだ小さな青じろい三角標と地図とを見較べて云いました。

ジョバンニはなんだかわけもわからずににわかにとなりの鳥捕りが気の毒でたまらなくなりました。鷲をつかまえてせいせいしたとよろこんだり、白いきれでそれをくるくる包んだり、ひとの切符をびっくりしたように横目で見てあわててほめだしたり、そんなことを――考えていると、もうその見ず知らずの鳥捕りのために、ジョバンニの持っているものでも食べるものでもなんでもやってしまいたい、もうこの人のほんとうの幸になるなら自分があの光る天の川の河原に立って百年つづけて立って鳥をとってやってもいいというような気がして、どうしてももう黙っていられな

くなりました。ほんとうにあなたのほしいものは一体
何ですか、と訊こうとして、それではあんまり出し抜
けだから、どうしようかと考えて振り返って見ました
ら、そこにはもうあの鳥捕りが居ませんでした。網棚
の上には白い荷物も見えなかったのです。また窓の外
で足をふんばってそらを見上げて鷺を捕る支度をして
いるのかと思って、急いでそっちを見ましたが、外は
いちめんのうつくしい砂子と白いすすきの波ばかり、
あの鳥捕りの広いせなかも尖った帽子も見えませんで
した。

　「あの人どこへ行ったろう。」カムパネルラも
ぼんやりそう云っていました。

　「どこへ行ったろう。一体どこでまたあうのだ
ろう。僕はどうしても少しあの人に物を言わなかっ
たろう。」

　「ああ、僕もそう思っているよ。」

　「僕はあの人が邪魔なような気がしたんだ。だ
から僕は大へんつらい。」ジョバンニはこんな変て
こな気もちは、ほんとうにはじめてだし、こんなこ
と今まで云ったこともないと思いました。

　「何だか苹果の匂いがする。僕いま苹果のこと

考えたためだろうか。」カムパネルラが不思議そう
にあたりを見まわしました。

　「ほんとうに苹果の匂いだよ。それから野茨
の匂いもする。」ジョバンニもそこらを見ましたが
やっぱりそれは窓からでも入って来るらしいのでし
た。いま秋だから野茨の花の匂のする筈はないとジ
ョバンニは思いました。

　そしたら俄かにそこに、つやつやした黒い髪の
六つばかりの男の子が赤いジャケツのぼたんもかけ
ずひどくびっくりしたような顔をしてがたがたふる
えてはだしで立っていました。隣りには黒い洋服を
きちんと着たせいの高い青年が一ぱいに風に吹かれ
ているけやきの木のような姿勢で、男の子の手をし
っかりひいて立っていました。

　「あら、ここどこでしょう。まあ、きれいだ
わ。」青年のうしろにもひとり十二ばかりの眼の茶い
ろな可愛らしい女の子が黒い外套を着て青年の腕にす
がって不思議そうに窓の外を見ているのでした。

　「ああ、ここはランカシャイヤだ。いや、コン
ネクテカット州だ。いや、ああ、ぼくたちはそらへ
来たのだ。わたしたちは天へ行くのです。ごらんな
さい。あのしるしは天上のしるしです。もうなんに

もこわいことありません。わたくしたちは神さまに召されているのです。」黒服の青年はよろこびにかがやいてその女の子に云いました。けれどもなぜかまた額に深く皺を刻んで、それに大へんつかれているらしく、無理に笑いながら男の子をジョバンニのとなりに座らせました。

　それから女の子にやさしくカムパネルラのとなりの席を指さしました。女の子はすなおにそこへ座って、きちんと両手を組み合わせました。

　「ぼくおおねえさんのとこへ行くんだよう。」腰掛けたばかりの男の子は顔を変にして燈台看守の向こうの席に座ったばかりの青年に云いました。青年は何とも云えず悲しそうな顔をして、じっとその子の、ちぢれてぬれた頭を見ました。女の子は、いきなり両手を顔にあててしくしく泣いてしまいました。

　「お父さんやきくよねえさんはまだいろいろお仕事があるのです。けれどももうすぐあとからいらっしゃいます。それよりも、おっかさんはどんなに永く待っていらっしゃったでしょう。わたしの大事なタダシはいまどんな歌をうたっているだろう、雪の降る朝にみんなと手をつないでぐるぐるにわとこのやぶをまわってあそんでいるだろうかと考えたりほんとうに待って心配していらっしゃるんですから、早く行ってお

っかさんにお目にかかりましょうね。」

　「うん、だけど僕、船に乗らなきゃよかったなあ。」

　「ええ、けれど、ごらんなさい、そら、どうです、あの立派な川、ね、あすこはあの夏中、ツインクル、ツインクル、リトル、スターをうたってやすむとき、いつも窓からぼんやり白く見えていたでしょう。あすこですよ。ね、きれいでしょう、あんなに光っています。」

　泣いていた姉もハンケチで眼をふいて外を見ました。青年は教えるようにそっと姉弟にまた云いました。

　「わたしたちはもうなんにもかなしいことないのです。わたしたちはこんないいとこを旅して、じき神さまのとこへ行きます。そこならもうほんとうに明るくて匂いがよくて立派な人たちでいっぱいです。そしてわたしたちの代わりにボートへ乗れた人たちは、きっとみんな助けられて、心配して待っているめいめいのお父さんやお母さんや自分のお家へやら行くのです。さあ、もうじきですから元気を出しておもしろくうたって行きましょう。」青年は男の子のぬれたような黒い髪をなで、みんなを慰めながら、自分もだんだ

ん顔いろがかがやいて来ました。

「あなた方はどちらからいらっしゃったのですか。どうなすったのですか。」さっきの燈台看守がやっと少しわかったように青年にたずねました。青年はかすかにわらいました。

「いえ、氷山にぶっつかって船が沈みましてね、わたしたちはこちらのお父さんが急な用で二ヶ月前一足さきに本国へお帰りになったのであとから発ったのです。私は大学へはいっていて、家庭教師にやとわれていたのです。ところがちょうど十二日目、今日か昨日のあたりです、船が氷山にぶっつかって一ぺんに傾きもう沈みかけました。月のあかりはどこかぼんやりありましたが、霧が非常に深かったのです。ところがボートは左舷の方半分はもうだめになっていましたから、とてもみんなは乗り切らないのです。もうそのうちにも船は沈みますし、私は必死となって、どうか小さな人たちを乗せて下さいと叫びました。近くの人たちはすぐみちを開いてそして子供たちのために祈って呉れました。けれどもそこからボートまでのところにはまだまだ小さな子どもたちや親たちやなんか居て、とても押しのける勇気がなかったのです。それでもわたくしはどうしてもこの方たちをお助けするのが私の義務だと

思いましたから前にいる子供らを押しのけようとし
ました。けれどもまたそんなにして助けてあげるよ
りはこのまま神のお前にみんなで行く方がほんとう
にこの方たちの幸福だとも思いました。それからま
たその神にそむく罪はわたくしひとりでしょってぜ
ひとも助けてあげようと思いました。けれどもどう
して見ているとそれができないのでした。子どもら
ばかりボートの中へはなしてやってお母さんが狂気
のようにキスを送りお父さんがかなしいのをじっと
こらえてまっすぐに立っているなどとてももう腸も
ちぎれるようでした。そのうち船はもうずんずん沈
みますから、私はもうすっかり覚悟してこの人たち
二人を抱いて、浮かべるだけは浮かぼうとかたまっ
て船の沈むのを待っていました。誰が投げたかライ
フブイが一つ飛んで来ましたけれども滑ってずうっ
と向こうへ行ってしまいました。私は一生けん命で
甲板の格子になったとこをはなして、三人それにし
っかりとりつきました。どこからともなく〔約二字
分空白〕番の声があがりました。たちまちみんなは
いろいろな国語で一ぺんにそれをうたいました。そ
のとき俄かに大きな音がして私たちは水に落ちまし
た。もう渦に入ったと思いながらしっかりこの人た
ちをだいてそれからぼうっとしたと思ったらもうこ
こへ来ていたのです。この方たちのお母さんは一昨

年没くなられました。ええボートはきっと助かった
にちがいありません、何せよほど熟練な水夫たちが
漕いですばやく船からはなれていましたから。」

　そこらから小さな嘆息やいのりの声が聞えジョ
バンニもカムパネルラもいままで忘れていたいろいろ
のことをぼんやり思い出して眼が熱くなりました。

　（ああ、その大きな海はパシフィックという
のではなかったろうか。その氷山の流れる北のはて
の海で、小さな船に乗って、風や凍りつく潮水や、
激しい寒さとたたかって、だれかが一生けんめいは
たらいている。ぼくはそのひとにほんとうに気の毒
でそしてすまないような気がする。ぼくはそのひと
のさいわいのためにいったいどうしたらいいのだろ
う。）ジョバンニは首を垂れて、すっかりふさぎ込
んでしまいました。

　「なにがしあわせかわからないです。ほんとう
にどんなつらいことでもそれがただしいみちを進む
中でのできごとなら峠の上りも下りもみんなほんと
うの幸福に近づく一あしずつですから。」

　燈台守がなぐさめていました。

　「ああそうです。ただいちばんのさいわいに至

るためにいろいろのかなしみもみんなおぼしめしです。」青年が祈るようにそう答えました。

　そしてあの姉弟はもうつかれてめいめいぐったり席によりかかって睡っていました。さっきのあのはだしだった足にはいつか白い柔らかな靴をはいていたのです。

　ごとごとごとごと汽車はきらびやかな燐光の川の岸を進みました。向こうの方の窓を見ると、野原はまるで幻燈のようでした。百も千もの大小さまざまの三角標、その大きなものの上には赤い点点をうった測量旗も見え、野原のはてはそれらがいちめん、たくさんたくさん集まってぼおっと青白い霧のよう、そこからかまたはもっと向こうからかときどきさまざまの形のぼんやりした狼煙のようなものが、かわるがわるきれいな桔梗いろのそらにうちあげられるのでした。じつにそのすきとおった奇麗な風は、ばらの匂いでいっぱいでした。

　「いかがですか。こういう苹果はおはじめてでしょう。」向こうの席の燈台看守がいつか黄金と紅でうつくしくいろどられた大きな苹果を落とさないように両手で膝の上にかかえていました。

　「おや、どっから来たのですか。立派ですね

え。ここらではこんな苹果ができるのですか。」青
年はほんとうにびっくりしたらしく燈台看守の両手
にかかえられた一もりの苹果を眼を細くしたり首を
まげたりしながらわれを忘れてながめていました。

　　「いや、まあおとり下さい。どうか、まあおと
り下さい。」

　　青年は一つとってジョバンニたちの方をちょっ
と見ました。

　　「さあ、向こうの坊ちゃんがた。いかがです
か。おとり下さい。」

　　ジョバンニは坊ちゃんといわれたのですこしし
ゃくにさわってだまっていましたがカムパネルラは
「ありがとう、」と云いました。すると青年は自分
でとって一つずつ二人に送ってよこしましたのでジ
ョバンニも立ってありがとうと云いました。

　　燈台看守はやっと両腕があいたのでこんどは
自分で一つずつ睡っている姉弟の膝にそっと置き
ました。

　　「どうもありがとう。どこでできるのですか。
こんな立派な苹果は。」

青年はつくづく見ながら云いました。

「この辺ではもちろん農業はいたしますけれども大ていひとりでにいいものができるような約束になって居ります。農業だってそんなに骨は折れはしません。たいてい自分の望む種子さえ播けばひとりでにどんどんできます。米だってパシフィック辺のように殻もないし十倍も大きくて匂いもいいのです。けれどもあなたがたのいらっしゃる方なら農業はもうありません。苹果だってお菓子だってかすが少しもありませんからみんなそのひとそのひとによってちがったわずかのいいかおりになって毛あなからちらけてしまうのです。」

にわかに男の子がぱっちり眼をあいて云いました。

「ああぼくいまお母さんの夢をみていたよ。お母さんがね立派な戸棚や本のあるとこに居てね、ぼくの方を見て手をだしてにこにこにこにこわらったよ。ぼくおっかさん。りんごをひろってきてあげましょうか云ったら眼がさめちゃった。ああここさっきの汽車のなかだねえ。」

「その苹果がそこにあります。このおじさんにいただいたのですよ。」青年が云いました。

「ありがとうおじさん。おや、かおるねえさんまだねてるねえ、ぼくおこしてやろう。ねえさん。ごらん、りんごをもらったよ。おきてごらん。」

姉はわらって眼をさましまぶしそうに両手を眼にあててそれから苹果を見ました。男の子はまるでパイを喰べるようにもうそれを喰べていました、また折角剥いたそのきれいな皮も、くるくるコルク抜きのような形になって床へ落ちるまでの間にはすうっと、灰いろに光って蒸発してしまうのでした。

二人はりんごを大切にポケットにしまいました。

川下の向こう岸に青く茂った大きな林が見え、その枝には熟してまっ赤に光る円い実がいっぱい、その林のまん中に高い高い三角標が立って、森の中からはオーケストラベルやジロフォンにまじって何とも云えずきれいな音いろが、とけるように浸みるように風につれて流れて来るのでした。

青年はぞくっとしてからだをふるうようにしました。

だまってその譜を聞いていると、そこらにいちめん黄いろやうすい緑の明るい野原か敷物かがひろがり、またまっ白な蠟のような露が太陽の面を擦めて行くように思われました。

「まあ、あの鳥。」カムパネルラのとなりのかおると呼ばれた女の子が叫びました。

「からすでない。みんなかささぎだ。」カムパネルラがまた何気なく叱るように叫びましたので、ジョバンニはまた思わず笑い、女の子はきまり悪そうにしました。まったく河原の青じろいあかりの上に、黒い鳥がたくさんたくさんいっぱいに列になってとまってじっと川の微光を受けているのでした。

「かささぎですねえ、頭のうしろのとこに毛がぴんと延びてますから。」青年はとりなすように云いました。

向こうの青い森の中の三角標はすっかり汽車の正面に来ました。そのとき汽車のずうっとうしろの方からあの聞きなれた〔約二字分空白〕番の讃美歌のふしが聞えてきました。よほどの人数で合唱しているらしいのでした。青年はさっと顔いろが青ざめ、たって一ぺんそっちへ行きそうにしましたが思いかえしてまた座りました。かおる子はハンケチを顔にあててしまいました。ジョバンニまで何だか鼻が変になりました。けれどもいつともなく誰ともなくその歌は歌い出されだんだんはっきり強くなりました。思わずジョバンニもカムパネルラも一緒にうたい出したのです。

　そして青い橄欖の森が見えない天の川の向こうにさめざめと光りながらだんだんうしろの方へ行ってしまいそこから流れて来るあやしい楽器の音ももう汽車のひびきや風の音にすり耗らされてずうっとかすかになりました。

　「あ孔雀が居るよ。」

　「ええたくさん居たわ。」女の子がこたえました。

　ジョバンニはその小さく小さくなっていまはもう一つの緑いろの貝ぼたんのように見える森の上にさっさっと青じろく時々光ってその孔雀がはねをひろげたりとじたりする光の反射を見ました。

　「そうだ、孔雀の声だってさっき聞こえた。」カムパネルラがかおる子に云いました。

　「ええ、三十疋ぐらいはたしかに居たわ。ハープのように聞こえたのはみんな孔雀よ。」女の子が答えました。

　ジョバンニは俄かに何とも云えずかなしい気がして思わず「カムパネルラ、ここからはねおりて遊んで行こうよ。」とこわい顔をして云おうとしたくらいでした。

　　川は二つにわかれました。そのまっくらな島の
まん中に高い高いやぐらが一つ組まれてその上に一
人の寛い服を着て赤い帽子をかぶった男が立ってい
ました。そして両手に赤と青の旗をもってそらを見
上げて信号しているのでした。ジョバンニが見てい
る間その人はしきりに赤い旗をふっていましたが俄
かに赤旗をおろしてうしろにかくすようにし青い旗
を高く高くあげてまるでオーケストラの指揮者のよ
うに烈しく振りました。すると空中にざあっと雨の
ような音がして何かまっくらなものがいくかたまり
もいくかたまりも鉄砲丸のように川の向こうの方へ
飛んで行くのでした。ジョバンニは思わず窓からか
らだを半分出してそっちを見あげました。美しい美
しい桔梗いろのがらんとした空の下を実に何万とい
う小さな鳥どもが幾組も幾組もめいめいせわしくせ
わしく鳴いて通って行くのでした。

　　「鳥が飛んで行くな。」ジョバンニが窓の外で
云いました。

　　「どら、」カムパネルラもそらを見ました。そ
のときあのやぐらの上のゆるい服の男は俄かに赤い旗
をあげて狂気のようにふりうごかしました。するとぴ
たっと鳥の群は通らなくなりそれと同時にぴしゃぁん
という潰れたような音が川下の方で起こってそれから

しばらくしいんとしました。と思ったらあの赤帽の信号手がまた青い旗をふって叫んでいたのです。

「いまこそわたれわたり鳥、いまこそわたれわたり鳥。」その声もはっきり聞こえました。それといっしょにまた幾万という鳥の群がそらをまっすぐにかけたのです。二人の顔を出しているまん中の窓からあの女の子が顔を出して美しい頬をかがやかせながらそらを仰ぎました。

「まあ、この鳥、たくさんですわねえ、あらまあそらのきれいなこと。」女の子はジョバンニにはなしかけましたけれどもジョバンニは生意気ないやだいと思いながらだまって口をむすんでそらを見あげていました。女の子は小さくほっと息をしてだまって席へ戻りました。カムパネルラが気の毒そうに窓から顔を引っ込めて地図を見ていました。

「あの人鳥へ教えてるんでしょうか。」女の子がそっとカムパネルラにたずねました。

「わたり鳥へ信号してるんです。きっとどこからかのろしがあがるためでしょう。」カムパネルラが少しおぼつかなそうに答えました。そして車の中はしいんとなりました。ジョバンニはもう頭を引っ込めたかったのですけれども明るいとこへ顔を出す

のがつらかったのでだまってこらえてそのまま立っ
て口笛を吹いていました。

　　　（どうして僕はこんなにかなしいのだろう。僕
はもっとこころもちをきれいに大きくもたなければ
いけない。あすこの岸のずうっと向こうにまるでけ
むりのような小さな青い火が見える。あれはほんと
うにしずかでつめたい。僕はあれをよく見てこころ
もちをしずめるんだ。）ジョバンニは熱って痛いあ
たまを両手で押さえるようにしてそっちの方を見ま
した。（ああほんとうにどこまでもどこまでも僕と
いっしょに行くひとはないだろうか。カムパネルラ
だってあんな女の子とおもしろそうに談しているし
僕はほんとうにつらいなあ。）ジョバンニの眼はま
た泪でいっぱいになり天の川もまるで遠くへ行った
ようにぼんやり白く見えるだけでした。

　　　そのとき汽車はだんだん川からはなれて崖の上
を通るようになりました。向こう岸もまた黒いいろの
崖が川の岸を下流に下るにしたがってだんだん高くな
って行くのでした。そしてちらっと大きなとうもろこ
しの木を見ました。その葉はぐるぐるに縮れ、葉の下
にはもう美しい緑いろの大きな苞が赤い毛を吐いて真
珠のような実もちらっと見えたのでした。それはだん
だん数を増して来てもういまは列のように崖と線路と

の間にならび思わずジョバンニが窓から顔を引っ込めて向こう側の窓を見ましたときは美しいそらの野原の地平線のはてまでその大きなとうもろこしの木がほとんどいちめんに植えられてさやさや風にゆらぎその立派なちぢれた葉のさきからはまるでひるの間にいっぱい日光を吸った金剛石のように露がいっぱいについて赤や緑やきらきら燃えて光っているのでした。カムパネルラが「あれとうもろこしだねえ」とジョバンニに云いましたけれどもジョバンニはどうしても気持がなおりませんでしたからただぶっきり棒に野原を見たまま「そうだろう。」と答えました。そのとき汽車はだんだんしずかになっていくつかのシグナルとてんてつ器の灯を過ぎ小さな停車場にとまりました。

　その正面の青じろい時計はかっきり第二時を示しその振子は風もなくなり汽車もうごかずしずかなしずかな野原のなかにカチッカチッと正しく時を刻んで行くのでした。

　そしてまったくその振子の音のたえまを遠くの遠くの野原のはてから、かすかなかすかな旋律が糸のように流れて来るのでした。「新世界交響楽だわ。」姉がひとりごとのようにこっちを見ながらそっと云いました。全くもう車の中ではあの黒服の丈高い青年も誰もみんなやさしい夢を見ているのでした。

　　（こんなしずかないいとこで僕はどうしてもっと愉快になれないだろう。どうしてこんなにひとりさびしいのだろう。けれどもカムパネルラなんかあんまりひどい、僕といっしょに汽車に乗っていながらまるであんな女の子とばかり談しているんだもの。僕はほんとうにつらい。）ジョバンニはまた両手で顔を半分かくすようにして向こうの窓のそとを見つめていました。すきとおった硝子のような笛が鳴って汽車はしずかに動き出しカムパネルラもさびしそうに星めぐりの口笛を吹きました。

　　「ええ、ええ、もうこの辺はひどい高原ですから。」うしろの方で誰かとしよりらしい人のいま眼がさめたという風ではきはき談している声がしました。

　　「とうもろこしだって棒で二尺も孔をあけておいてそこへ播かないと生えないんです。」

　　「そうですか。川まではよほどありましょうかねえ、」

　　「えええ河までは二千尺から六千尺あります。もうまるでひどい峡谷になっているんです。」

　　そうそうここはコロラドの高原じゃなかったろうか、ジョバンニは思わずそう思いました。カムパ

ネルラはまださびしそうにひとり口笛を吹き、女の子はまるで絹で包んだ苹果のような顔いろをしてジョバンニの見る方を見ているのでした。突然とうもろこしがなくなって巨きな黒い野原がいっぱいにひらけました。新世界交響楽はいよいよはっきり地平線のはてから湧きそのまっ黒な野原のなかを一人のインデアンが白い鳥の羽根を頭につけたくさんの石を腕と胸にかざり小さな弓に矢を番えて一目散に汽車を追って来るのでした。

「あら、インデアンですよ。インデアンですよ。おねえさまごらんなさい。」

黒服の青年も眼をさましました。ジョバンニもカムパネルラも立ちあがりました。

「走って来るわ、あら、走って来るわ。追いかけているんでしょう。」

「いいえ、汽車を追ってるんじゃないんですよ。猟をするか踊るかしてるんですよ。」青年はいまどこに居るか忘れたという風にポケットに手を入れて立ちながら云いました。

まったくインデアンは半分は踊っているようでした。第一かけるにしても足のふみようがもっと経済

もとれ本気にもなれそうでした。にわかにくっきり白いその羽根は前の方へ倒れるようになりインデアンはぴたっと立ちどまってすばやく弓を空にひきました。そこから一羽の鶴がふらふらと落ちて来てまた走り出したインデアンの大きくひろげた両手に落ちこみました。インデアンはうれしそうに立ってわらいました。そしてその鶴をもってこっちを見ている影ももうどんどん小さく遠くなり電しんばしらの碍子がきらっきらっと続いて二つばかり光ってまたとうもろこしの林になってしまいました。こっち側の窓を見ますと汽車はほんとうに高い高い崖の上を走っていてその谷の底には川がやっぱり幅ひろく明るく流れていたのです。

　「ええ、もうこの辺から下りです。何せこんどは一ぺんにあの水面までおりて行くんですから容易じゃありません。この傾斜があるもんですから汽車は決して向こうからこっちへは来ないんです。そらもうだんだん早くなったでしょう。」さっきの老人らしい声が云いました。

　どんどんどんどん汽車は降りて行きました。崖のはじに鉄道がかかるときは川が明るく下にのぞけたのです。ジョバンニはだんだんこころもちが明るくなって来ました。汽車が小さな小屋の前を通ってその前にしょんぼりひとりの子供が立ってこっちを

見ているときなどは思わずほうと叫びました。

　どんどんどんどん汽車は走って行きました。室中のひとたちは半分うしろの方へ倒れるようになりながら腰掛にしっかりしがみついていました。ジョバンニは思わずカムパネルラとわらいました。もうそして天の川は汽車のすぐ横手をいままでよほど激しく流れて来たらしくときどきちらちら光ってながれているのでした。うすあかい河原なでしこの花があちこち咲いていました。汽車はようやく落ち着いたようにゆっくりと走っていました。

　向こうとこっちの岸に星のかたちとつるはしを書いた旗がたっていました。

　「あれ何の旗だろうね。」ジョバンニがやっとものを云いました。

　「さあ、わからないねえ、地図にもないんだもの。鉄の舟がおいてあるねえ。」

　「ああ。」

　「橋を架けるとこじゃないんでしょうか。」女の子が云いました。

　「あああれ工兵の旗だねえ。架橋演習をしてる

んだ。けれど兵隊のかたちが見えないねえ。」

　その時向こう岸ちかくの少し下流の方で見えない天の川の水がぎらっと光って柱のように高くはねあがりどぉと烈しい音がしました。

　「発破だよ、発破だよ。」カムパネルラはこおどりしました。

　その柱のようになった水は見えなくなり大きな鮭や鱒がきらっきらっと白く腹を光らせて空中に抛り出されて円い輪を描いてまた水に落ちました。ジョバンニはもうはねあがりたいくらい気持が軽くなって云いました。

　「空の工兵大隊だ。どうだ、鱒やなんかがまるでこんなになってはねあげられたねえ。僕こんな愉快な旅はしたことない。いいねえ。」

　「あの鱒なら近くで見たらこれくらいあるねえ、たくさんさかな居るんだな、この水の中に。」

　「小さなお魚もいるんでしょうか。」女の子が談につり込まれて云いました。

　「居るんでしょう。大きなのが居るんだから小さいのもいるんでしょう。けれど遠くだからいま小さい

の見えなかったねえ。」ジョバンニはもうすっかり機嫌が直って面白そうにわらって女の子に答えました。

「あれきっと双子のお星さまのお宮だよ。」男の子がいきなり窓の外をさして叫びました。

右手の低い丘の上に小さな水晶ででもこさえたような二つのお宮がならんで立っていました。

「双子のお星さまのお宮って何だい。」

「あたし前になんべんもお母さんから聴いたわ。ちゃんと小さな水晶のお宮で二つならんでいるからきっとそうだわ。」

「はなしてごらん。双子のお星さまが何したっての。」

「ぼくも知ってらい。双子のお星さまが野原へ遊びにでてからすと喧嘩したんだろう。」

「そうじゃないわよ。あのね、天の川の岸にね、おっかさんお話しなすったわ、……」

「それから彗星がギーギーフーギーギーフーて云って来たねえ。」

「いやだわたあちゃんそうじゃないわよ。それ

はべつの方だわ。」

　「するとあすこにいま笛を吹いて居るんだろうか。」

　「いま海へ行ってらあ。」

　「いけないわよ。もう海からあがっていらっしゃったのよ。」

　「そうそう。ぼく知ってらあ、ぼくおはなししよう。」

　川の向こう岸が俄かに赤くなりました。楊の木や何かもまっ黒にすかし出され見えない天の川の波もときどきちらちら針のように赤く光りました。まったく向こう岸の野原に大きなまっ赤な火が燃されその黒いけむりは高く桔梗いろのつめたそうな天をも焦がしそうでした。ルビーよりも赤くすきとおりリチウムよりもうつくしく酔ったようになってその火は燃えているのでした。

　「あれは何の火だろう。あんな赤く光る火は何を燃やせばできるんだろう。」ジョバンニが云いました。

　「蝎の火だな。」カムパネルラが又地図と首っ

引きして答えました。

「あら、蝎の火のことならあたし知ってるわ。」

「蝎の火って何だい。」ジョバンニがききました。

「蝎がやけて死んだのよ。その火がいまでも燃えてるってあたし何べんもお父さんから聴いたわ。」

「蝎って、虫だろう。」

「ええ、蝎は虫よ。だけどいい虫だわ。」

「蝎いい虫じゃないよ。僕博物館でアルコールにつけてあるの見た。尾にこんなかぎがあってそれで螫されると死ぬって先生が云ったよ。」

「そうよ。だけどいい虫だわ、お父さん斯う云ったのよ。むかしのバルドラの野原に一ぴきの蝎がいて小さな虫やなんか殺してたべて生きていたんですって。するとある日いたちに見附かって食べられそうになったんですって。さそりは一生けん命逃げて逃げたけどとうとういたちに押さえられそうになったわ、そのときいきなり前に井戸があってその中に落ちてしまったわ、もうどうしてもあがられないでさそりは溺れはじめたのよ。そのときさそりは

斯う云ってお祈りしたというの、ああ、わたしはいままでいくつのものの命をとったかわからない、そしてその私がこんどいたちにとられようとしたときはあんなに一生けん命にげた。それでもとうとうこんなになってしまった。ああなんにもあてにならない。どうしてわたしはわたしのからだをだまっていたちに呉れてやらなかったろう。そしたらいたちも一日生きのびたろうに。どうか神さま。私の心をごらん下さい。こんなにむなしく命をすてずどうかこの次にはまことのみんなの幸のために私のからだをおつかい下さい。って云ったというの。そしたらいつか蝎はじぶんのからだがまっ赤なうつくしい火になって燃えてよるのやみを照らしているのを見たって。いまでも燃えてるってお父さん仰ったわ。ほんとうにあの火それだわ。」

　「そうだ。見たまえ。そこらの三角標はちょうどさそりの形にならんでいるよ。」

　ジョバンニはまったくその大きな火の向こうに三つの三角標がちょうどさそりの腕のように、こっちに五つの三角標がさそりの尾やかぎのようにならんでいるのを見ました。そしてほんとうにそのまっ赤なうつくしいさそりの火は音なくあかるくあかるく燃えたのです。

　　その火がだんだんうしろの方になるにつれてみんなは何とも云えずにぎやかなさまざまの楽の音や草花の匂いのようなもの口笛や人々のざわざわ云う声やらを聞きました。それはもうじきちかくに町か何かがあってそこにお祭でもあるというような気がするのでした。

　　「ケンタウル露をふらせ。」いきなりいままで睡っていたジョバンニのとなりの男の子が向こうの窓を見ながら叫んでいました。

　　ああそこにはクリスマストリイのようにまっ青な唐檜かもみの木がたってその中にはたくさんのたくさんの豆電燈がまるで千の蛍でも集ったようについていました。

　　「ああ、そうだ、今夜ケンタウル祭だねえ。」

　　「ああ、ここはケンタウルの村だよ。」カムパネルラがすぐ云いました。〔以下原稿一枚？なし〕

　　「ボール投げなら僕決してはずさない。」男の子が大威張りで云いました。

　　「もうじきサウザンクロスです。おりる支度をして下さい。」青年がみんなに云いました。

　「僕も少し汽車へ乗ってるんだよ。」男の子が云いました。カムパネルラのとなりの女の子はそわそわ立って支度をはじめましたけれどもやっぱりジョバンニたちとわかれたくないようなようすでした。

　「ここでおりなきゃいけないのです。」青年はきちっと口を結んで男の子を見おろしながら云いました。

　「厭だい。僕もう少し汽車へ乗ってから行くんだい。」ジョバンニがこらえ兼ねて云いました。

　「僕たちと一緒に乗って行こう。僕たちどこまでだって行ける切符持ってるんだ。」

　「だけどあたしたちもうここで降りなきゃいけないのよ。ここ天上へ行くとこなんだから。」女の子がさびしそうに云いました。

　「天上へなんか行かなくたっていいじゃないか。ぼくたちここで天上よりももっといいとこをこさえなきゃいけないって僕の先生が云ったよ。」

　「だっておっ母さんも行ってらっしゃるしそれに神さまが仰っしゃるんだわ。」

　「そんな神さまうその神さまだい。」

「あなたの神さまうその神さまよ。」

「そうじゃないよ。」

「あなたの神さまってどんな神さまですか。」青年は笑いながら云いました。

「ぼくほんとうはよく知りません、けれどもそんなんでなしにほんとうのたった一人の神さまです。」

「ほんとうの神さまはもちろんたった一人です。」

「ああ、そんなんでなしにたったひとりのほんとうのほんとうの神さまです。」

「だからそうじゃありませんか。わたくしはあなた方がいまにそのほんとうの神さまの前にわたくしたちとお会いになることを祈ります。」青年はつつましく両手を組みました。女の子もちょうどその通りにしました。みんなほんとうに別れが惜しそうでその顔いろも少し青ざめて見えました。ジョバンニはあぶなく声をあげて泣き出そうとしました。

「さあもう仕度はいいんですか。じきサウザンクロスですから。」

ああそのときでした。見えない天の川のずう

っと川下に青や橙やもうあらゆる光でちりばめられ
た十字架がまるで一本の木という風に川の中から立
ってかがやきその上には青じろい雲がまるい環になって
って後光のようにかかっているのでした。汽車の中
がまるでざわざわしました。みんなあの北の十字の
ときのようにまっすぐに立ってお祈りをはじめまし
た。あっちにもこっちにも子供が瓜に飛びついたと
きのようなよろこびの声や何とも云いようない深い
つつましいためいきの音ばかりきこえました。そし
てだんだん十字架は窓の正面になりあの苹果の肉の
ような青じろい環の雲もゆるやかにゆるやかに続っ
ているのが見えました。

　「ハルレヤハルレヤ。」明るくたのしくみんな
の声はひびきみんなはそのそらの遠くからつめたい
そらの遠くからすきとおった何とも云えずさわやか
なラッパの声をききました。そしてたくさんのシグ
ナルや電燈の灯のなかを汽車はだんだんゆるやかに
なりとうとう十字架のちょうどま向かいに行ってす
っかりとまりました。

　「さあ、下りるんですよ。」青年は男の子の手
をひきだんだん向こうの出口の方へ歩き出しました。

　「じゃさよなら。」女の子がふりかえって二人

に云いました。

　「さよなら。」ジョバンニはまるで泣き出したいのをこらえて怒ったようにぶっきり棒に云いました。女の子はいかにもつらそうに眼を大きくしても一度こっちをふりかえってそれからあとはもうだまって出て行ってしまいました。汽車の中はもう半分以上も空いてしまい俄かにがらんとしてさびしくなり風がいっぱいに吹き込みました。

　そして見ているとみんなはつつましく列を組んであの十字架の前の天の川のなぎさにひざまずいていました。そしてその見えない天の川の水をわたってひとりの神々しい白いきものの人が手をのばしてこっちへ来るのを二人は見ました。けれどもそのときはもう硝子の呼子は鳴らされ汽車はうごき出しと思ううちに銀いろの霧が川下の方からすうっと流れて来てもうそっちは何も見えなくなりました。ただたくさんのくるみの木が葉をさんさんと光らしてその霧の中に立ち黄金の円光をもった電気栗鼠が可愛い顔をその中からちらちらのぞいているだけでした。

　そのときすうっと霧がはれかかりました。どこかへ行く街道らしく小さな電燈の一列についた通りがありました。それはしばらく線路に沿って進んで

いました。そして二人がそのあかしの前を通って行くときはその小さな豆いろの火はちょうど挨拶でもするようにぽかっと消え二人が過ぎて行くときまた点くのでした。

　ふりかえって見るとさっきの十字架はすっかり小さくなってしまいほんとうにもうそのまま胸にも吊されそうになり、さっきの女の子や青年たちがその前の白い渚にまだひざまずいているのかそれともどこか方角もわからないその天上へ行ったのかぼんやりして見分けられませんでした。

　ジョバンニはああと深く息しました。

　「カムパネルラ、また僕たち二人きりになったねえ、どこまでもどこまでも一緒に行こう。僕はもうあのさそりのようにほんとうにみんなの幸のためならば僕のからだなんか百ぺん灼いてもかまわない。」

　「うん。僕だってそうだ。」カムパネルラの眼にはきれいな涙がうかんでいました。

　「けれどもほんとうのさいわいは一体何だろう。」ジョバンニが云いました。

　「僕わからない。」カムパネルラがぼんやり云いました。

　「僕たちしっかりやろうねえ。」ジョバンニが胸いっぱい新らしい力が湧くようにふうと息をしながら云いました。

　「あ、あすこ石炭袋だよ。そらの孔だよ。」カムパネルラが少しそっちを避けるようにしながら天の川のひととこを指さしました。ジョバンニはそっちを見てまるでぎくっとしてしまいました。天の川の一とこに大きなまっくらな孔がどおんとあいているのです。その底がどれほど深いかその奥に何があるかいくら眼をこすってのぞいてもなんにも見えず、ただ眼がしんしんと痛むのでした。ジョバンニが云いました。

　「僕もうあんな大きな暗の中だってこわくない。きっとみんなのほんとうのさいわいをさがしに行く。どこまでもどこまでも僕たち一緒に進んで行こう。」

　「ああきっと行くよ。ああ、あすこの野原はなんてきれいだろう。みんな集ってるねえ。あすこがほんとうの天上なんだ。あっあすこにいるのぼくのお母さんだよ。」カムパネルラは俄かに窓の遠くに見えるきれいな野原を指して叫びました。

　ジョバンニもそっちを見ましたけれどもそこはぼんやり白くけむっているばかり、どうしてもカムパ

ネルラが云ったように思われませんでした。何とも云えずさびしい気がしてぼんやりそっちを見ていましたら向こうの河岸に二本の電信ばしらが丁度両方から腕を組んだように赤い腕木をつらねて立っていました。

　　「カムパネルラ、僕たち一緒に行こうねえ。」ジョバンニが斯う云いながらふりかえって見ましたらそのいままでカムパネルラの座っていた席にもうカムパネルラの形は見えず、ジョバンニはまるで鉄砲丸のように立ちあがりました。そして誰にも聞えないように窓の外へからだを乗り出して力いっぱいはげしく胸をうって叫びそれからもう咽喉いっぱい泣きだしました。もうそこらが一ぺんにまっくらになったように思いました。

　　ジョバンニは眼をひらきました。もとの丘の草の中につかれてねむっていたのでした。胸は何だかおかしく熱り頬にはつめたい涙がながれていました。

　　ジョバンニはばねのようにはね起きました。町はすっかりさっきの通りに下でたくさんの灯を綴ってはいましたがその光はなんだかさっきよりは熟したという風でした。そしてたったいま夢であるいた天の川もやっぱりさっきの通りに白くぼんやりかかりまっ黒な南の地平線の上では殊にけむったようになってその右には蠍座の赤い星がうつくしくきらめ

き、そらぜんたいの位置はそんなに変わってもいないようでした。

　ジョバンニは一さんに丘を走って下りました。まだ夕ごはんをたべないで待っているお母さんのことが胸いっぱいに思いだされたのです。どんどん黒い松の林の中を通ってそれからほの白い牧場の柵をまわってさっきの入口から暗い牛舎の前へまた来ました。そこには誰かがいま帰ったらしくさっきなかった一つの車が何かの樽を二つ乗っけて置いてありました。

　「今晩は。」ジョバンニは叫びました。

　「はい。」白い太いずぼんをはいた人がすぐ出て来て立ちました。

　「何のご用ですか。」

　「今日牛乳がぼくのところへ来なかったのですが。」

　「あ済みませんでした。」その人はすぐ奥へ行って一本の牛乳瓶をもって来てジョバンニに渡しながらまた云いました。

　「ほんとうに、済みませんでした。今日はひるすぎうっかりしてこうしの柵をあけて置いたもんで

すから大将早速親牛のところへ行って半分ばかり呑んでしまいましてね……」その人はわらいました。

「そうですか。ではいただいて行きます。」

「ええ、どうも済みませんでした。」

「いいえ。」

ジョバンニはまだ熱い乳の瓶を両方のてのひらで包むようにもって牧場の柵を出ました。

そしてしばらく木のある町を通って大通りへ出てまたしばらく行きますとみちは十文字になってその右手の方、通りのはずれにさっきカムパネルラたちのあかりを流しに行った川へかかった大きな橋のやぐらが夜のそらにぼんやり立っていました。

ところがその十字になった町かどや店の前に女たちが七八人ぐらいずつ集まって橋の方を見ながら何かひそひそ談しているのです。それから橋の上にもいろいろなあかりがいっぱいなのでした。

ジョバンニはなぜかさあっと胸が冷たくなったように思いました。そしていきなり近くの人たちへ「何かあったんですか。」と叫ぶようにききました。

「こどもが水へ落ちたんですよ。」一人が云

いますとその人たちは一斉にジョバンニの方を見ました。ジョバンニはまるで夢中で橋の方へ走りました。橋の上は人でいっぱいで河が見えませんでした。白い服を着た巡査も出ていました。

ジョバンニは橋の袂から飛ぶように下の広い河原へおりました。

その河原の水際に沿ってたくさんのあかりがせわしくのぼったり下ったりしていました。向こう岸の暗いどてにも火が七つ八つうごいていました。そのまん中をもう烏瓜のあかりもない川が、わずかに音をたてて灰いろにしずかに流れていたのでした。

河原のいちばん下流の方へ洲のようになって出たところに人の集まりがくっきりまっ黒に立っていました。ジョバンニはどんどんそっちへ走りました。するとジョバンニはいきなりさっきカムパネルラといっしょだったマルソに会いました。マルソがジョバンニに走り寄ってきました。

「ジョバンニ、カムパネルラが川へはいったよ。」

「どうして、いつ。」

「ザネリがね、舟の上から烏うりのあかりを水

の流れる方へ押してやろうとしたんだ。そのとき舟が
ゆれたもんだから水へ落っこったろう。するとカムパ
ネルラがすぐ飛びこんだんだ。そしてザネリを舟の方
へ押してよこした。ザネリはカトウにつかまった。け
れどもあとカムパネルラが見えないんだ。」

　「みんな探してるんだろう。」

　「ああすぐみんな来た。カムパネルラのお父さ
んも来た。けれども見附からないんだ。ザネリはう
ちへ連れられてった。」

　ジョバンニはみんなの居るそっちの方へ行きま
した。そこに学生たち町の人たちに囲まれて青じろ
い尖ったあごをしたカムパネルラのお父さんが黒い
服を着てまっすぐに立って右手に持った時計をじっ
と見つめていたのです。

　みんなもじっと河を見ていました。誰も一言も
物を云う人もありませんでした。ジョバンニはわく
わくわくわく足がふるえました。魚をとるときのア
セチレンランプがたくさんせわしく行ったり来たり
して黒い川の水はちらちら小さな波をたてて流れて
いるのが見えるのでした。

　下流の方は川はば一ぱい銀河が巨きく写ってま

るで水のないそのままのそらのように見えました。

　　ジョバンニはそのカムパネルラはもうあの銀河のはずれにしかいないというような気がしてしかたなかったのです。

　　けれどもみんなはまだ、どこかの波の間から、「ぼくずいぶん泳いだぞ。」と云いながらカムパネルラが出て来るか或いはカムパネルラがどこかの人の知らない洲にでも着いて立っていて誰かの来るのを待っているかというような気がして仕方ないらしいのでした。けれども俄かにカムパネルラのお父さんがきっぱり云いました。

　　「もう駄目です。落ちてから四十五分たちましたから。」

　　ジョバンニは思わずかけよって博士の前に立って、ぼくはカムパネルラの行った方を知っていますぼくはカムパネルラといっしょに歩いていたのですと云おうとしましたがもうのどがつまって何とも云えませんでした。すると博士はジョバンニが挨拶に来たとでも思ったものですか、しばらくしげしげジョバンニを見ていましたが「あなたはジョバンニさんでしたね。どうも今晩はありがとう。」と叮ねいに云いました。

　ジョバンニは何も云えずにただおじぎをしました。

　「あなたのお父さんはもう帰っていますか。」博士は堅く時計を握ったまままたききました。

　「いいえ。」ジョバンニはかすかに頭をふりました。

　「どうしたのかなあ。ぼくには一昨日大へん元気な便りがあったんだが。今日あたりもう着くころなんだが。船が遅れたんだな。ジョバンニさん。あした放課後みなさんとうちへ遊びに来てくださいね。」

　そう云いながら博士はまた川下の銀河のいっぱいにうつった方へじっと眼を送りました。

　ジョバンニはもういろいろなことで胸がいっぱいでなんにも云えずに博士の前をはなれて早くお母さんに牛乳を持って行ってお父さんの帰ることを知らせようと思うともう一目散に河原を街の方へ走りました。

星めぐりの歌

宮沢賢治　作詞・作曲

巡星之歌

林月娥　台語作詞

目睭　紅紅　ê　天蠍閃　閃
雲　霧　飄飄　是仙　女座　ê

爍　翼　股開　開　ê　天鷹飛天
味　像一　尾大　喙開　開ê　魚

邊　　狗á　嬰藍　色目睭眨眨
Àn　大　熊座　前跤　向北hānn去

nih　大尾　蛇三　節曲　ê光微
Tī　距離　五　倍hiah　遠ê　位

微　獵戶　tiàm　天頂　唱歌　響喉　時
置　Hit隻　熊á　囝ê　頭額　心　啊

冰霜　露水　對　塗跤滴　啊滴
sèh　銀河ê　總路　頭就是　伊

團隊簡介

計畫主編 陳麗君

國立成功大學台灣文學系教授。新營人。專長領域是台灣原住民、新住民、台語族群等跨族群、語言ê社會語言學現象kap教育政策研究。編著《台語ABC真趣味》、《台語拍通關》、《亞洲婚姻移民女性》、《新移民、女性、母語ê社會語言學》等專書。

台文潤稿・校對

吳嘉芬

詩、散文、小說等文類ê台語文創作家。作品集《火種》入選2019年臺南市作家作品集【第九輯】。擔任台江國家公園出版ê繪本影音動畫《小螃蟹遊台江／海和尚遊台江》kap《小水鴨兩個家／水鴨囝兩个家》譯者兼臺語配音指導。目前tī國立臺中教育大學台灣語文學系研究所讀冊。

林月娥

嘉義縣水上鄉出世大漢，嫁tī屏東。國立成功大學台文所碩士。國立屏東大學台語課程講師；成大kap教育部台語認證lóng C2專業級。全國語文競賽95年台語即席演說kap 97年台語朗讀lóng第一名。102年教育部閩客語文學獎教師組現代詩〈Hōo紅霞hiàm出帆〉第二名，107年屏東縣閩客原文學獎散文〈吵愛〉社會組第一名。詩文散見《海翁台語文學》、《台文戰線》、《教育部電子報》、高雄歷史博物館ê「高雄小故事」。

日文校對　鵜戸聡（うど·さとし）

東京大學綜合文化研究所博士。Bat tiàm鹿兒島大學法文學院擔任
副教授，現此時tī明治大學國際日本學院做副教授。編過ê冊有《世
界文學ê文學 文學ê世界》（松籟社，2020年）、《批判理論關鍵字 文
學理論》（フィルムアート社，2020年）等。

插　畫　鄭打麵

國立臺灣藝術大學視覺傳達設計系畢業，gâu畫ang-á圖，插圖
mā足內行，是一个無拘無束ê自由創作家。半暝á翻點目睭iáu-
koh金khok-khok，雞未啼suah就ài隨起床tshia-piànn，只要
是kap植物、動物相關ê冊lóng足興--ê，做貓á奴才上甘願。
IG:dame_cheng

有聲朗讀

馮勝雄 ── 朗讀指導·學者...等男聲
國立台南大學台灣文化研究所畢業，國小老師退休，目前擔任台
南大學台語課程兼任講師，指導台語語文競賽。

吳宜珊 ── 石邦尼母...等女聲
今年讀成大台文系一年á，佮意看小說，有當時mā giáh筆創作，
是一个尊敬文學kap想beh和文學談戀愛ê大學生。

李建穎 ── 甘派禮、曾阿利kap少年家
台南人，目前讀台南一中，自細漢受臺語朗讀kap字音字形訓
練，bat著全國語文競賽臺語字音字形國中、國小組頭名。

Khó͘ Pōe-bín ── 說書、石邦尼...等查埔gín-á聲
Pó-táu lâi ê khó͘-koe. Ài liû-lōng ê phāiⁿ-á-kha. Ò-chiu
Kok-li̍p Tāi-ha̍k Èng-iōng Gí-giân-ha̍k se̍k-sū.
〈Chiâ偷食菜頭粿?!〉ōe-pún kò͘-sū chhòng-chok-chiá. Tâi-gí
siaⁿ-kak, ài khòaⁿ bàng-gah, ài siá Pe̍h-ōe-jī. Bô-ài chò Bân.

歌曲演唱 伊藤佳代
國立中山大學西灣學院約聘助理教授

歌曲演唱 曾薰慧
國立成功大學台灣文學系助理教授

鋼琴配樂 曾士珍
國立成功大學通識中心兼任助理教授

編輯助理 林紀甄
國立成功大學台灣文學系畢業
本土電子刊物《開講khai-káng》編輯兼專欄作者

國家圖書館出版品預行編目(CIP)資料

銀河鐵道ê暗暝 / 宮澤賢治原著；

陳麗君台譯. -- 初版. -- 臺北市：前衛出版社, 2022.07

　　　面；　　公分.

世界文學台讀少年雙語系列；3

ISBN 978-626-7076-38-5(精裝)

861.59　　　　　　　　　　　　　111006896

世界文學台讀少年雙語系列・3・

銀河鐵道ê暗暝 （台日雙語・附台語朗讀）

原　　著	宮澤賢治
譯　　者	陳麗君
主　　編	陳麗君
編輯助理	林紀甄
插　　畫	鄭打麵
台文潤稿校對	吳嘉芬・林月娥
日文校對	鵜戶聰（うど・さとし）
編輯顧問	陳明仁
有聲朗讀	馮勝雄・Khó Pōe-bín・吳宜珊・李建穎
錄音混音	音樂人多媒體工作室

出版贊助　天母扶輪社・北區扶輪社・明德扶輪社
　　　　　至善扶輪社・天和扶輪社・天欣扶輪社
授權聯絡　天母扶輪社
　　　　　電話：02-27135034
　　　　　電子信箱：rtienmou@ms38.hinet.net

出 版 者　前衛出版社
　　　　　地址：104056台北市中山區農安街153號4樓之3
　　　　　電話：02-25865708｜傳眞：02-25863758
　　　　　郵撥帳號：05625551
　　　　　購書・業務信箱：a4791@ms15.hinet.net
　　　　　投稿・代理信箱：avanguardbook@gmail.com
　　　　　官方網站：http://www.avanguard.com.tw
出版總監　林文欽
法律顧問　陽光百合律師事務所
總 經 銷　紅螞蟻圖書有限公司
　　　　　地址：114066台北市內湖區舊宗路二段121巷19號
　　　　　電話：02-27953656｜傳眞：02-27954100
出版日期　2022年7月初版一刷
定　　價　新台幣 450 元